너무 먼 곳만 보느라
가까운 행복을 잃어버린 당신에게

너무 먼 곳만 보느라
가까운 행복을 잃어버린
———— 당신에게

글 김토끼 · 그림 낭소

홍익출판사

누군가,

'당신'이라는 책을 읽다가
너무 좋아서 나중에 다시 읽어 보려고 접어놓은
책 모서리에 내 이름이 있었으면,

가장 기억에 남는 페이지의 모서리를 접어놓듯
없어서는 안 될 어느 한 구절에
내 이름이 함께 접혀 있었으면,

좋겠다.

Contents

Prologue • 5

Part 1_소중한 당신에게 : 사랑

Part 2_흔들리는 당신에게 : 위로

Part 3_보고 싶은 당신에게 : 그리움

Part 4_나를 스치고 간 당신에게 : 이별

Part 5_모든 것에 서툰 당신에게 : 깨달음

Part 6_지금 그대로 충분한 당신에게 : 일상

소 중 한
당 신 에 게 :

사 랑

문득

꽃 피는 계절을 함께하고 싶고
비 오는 날 우산을 같이 쓰고 싶고
좋아하는 가수의 노래를 함께 듣고 싶고
따뜻한 커피 한 잔을 나눠 마시고 싶고

당신의 모든 순간에
내가 함께하고 싶다면
이건, 사랑일까요?

이 상 형

목소리가 예쁜 사람보다는
말을 예쁘게 하는 사람이 좋고
손이 따뜻한 사람보다는
눈빛이 따뜻한 사람이 좋아요.

비싼 향수를 쓰는 사람보다는
자신만의 향기를 간직한 사람이 좋고
기념일을 잘 챙겨 주는 사람보다는
사소한 걸 잊지 않고 기억해 주는 사람이 좋아요.

행복하기 위해 나를 만나는 사람보다는
나를 만나 행복해하는 사람이 좋고
꿈꿔온 이상형과는 다르지만
있는 그대로의 당신이 참 좋아요.

고 백

집으로 가는 길에는 두 개의 갈림길이 있는데
나는 늘 오른쪽 길로만 다니곤 했어요.
어느 길로 가도 우리 집으로 갈 수 있지만
오른쪽으로 가야 좀 더 빨리 갈 수 있었거든요.

당신이 나를 바래다준다고 했을 때
내가 왼쪽 길로 가자고 했던 건 바로 그 때문이었어요.
당신과 더 오랜 시간을 함께하고 싶으니까.

기억하나요?
원래 나는 말이 많은 편이 아닌데,
그날 당신과 걸으면서 엄청나게 많은 말을 했었어요.

좋아하는 음식은 뭐냐
주로 어떤 영화를 좋아하냐

고양이를 좋아하냐 강아지를 좋아하냐
조금의 틈이라도 생기면 당신이 지루해할까 봐
끊임없이 당신에게 질문을 했어요.

지금에서야 고백하는데 사실 나는 그날,
당신이 밥을 좋아한다고 했는지
빵을 좋아한다고 했는지
액션 영화를 좋아한다고 했는지
로맨스 영화를 좋아한다고 했는지
고양이를 좋아한다고 했는지
강아지를 좋아한다고 했는지
잘 기억이 나질 않아요.

나는 그저 당신이 밥을 좋아한다고 했으면
나도 밥을 좋아한다고,
당신이 액션 영화를 좋아한다고 했으면
나도 액션 영화를 좋아한다고,

당신이 고양이를 좋아한다고 했으면
나도 고양이를 좋아한다고,
그렇게 대답했을 거라고 어렴풋이 짐작만 할 뿐.

그래서 그날,
우리 집 앞에서 당신이 나를 좋아한다고 고백했을 때도
아마 나는 그렇게 대답했을 거예요.

나도, 라고.

예감

그런 거 있잖아요.

왠지 기분 좋은 예감이 드는 거.
흔한 배려에 가슴이 설레고
별거 아닌 말인데 따뜻함이 느껴지는 거.

그런 거 있잖아요.
이 사람이 아니면 안 될 거 같은,

그런 예감.

확 신

하루 종일 생각나고
안 보이면 보고 싶고
별일 아닌 이야기가 하고 싶고,
목소리가 듣고 싶고
기분이 좋아지고.

그래요,
이게 바로 사랑이네요.

아무래도 나,
사랑이 시작된 것 같아요.

당신이
좋다

내 한숨이 닿지 않는 곳에서도 내 마음 알아주던 사람

주저앉고 싶은 날 미소 번지게 해준 사람

차가운 내 손 몇 번이고 잡아 주던 사람

당연하게 누려온 것들에 소중함을 알게 해준 사람.

기 다 리 는
시 간

약속 시간보다 조금 일찍 카페에 도착했어요.

아메리카노 두 잔을 주문해 놓고
당신이 좋아하는 창가 쪽으로 자리를 잡았어요.

내가 이런 얘기를 한 적이 있나요?
당신을 만나기 전에는 아메리카노를 마실 줄 몰랐다는 거.
햇볕이 많이 들어오는 창가 쪽 자리를 싫어했다는 거.

당신을 만나면서부터예요.
쓰다고만 생각했던 아메리카노의 깔끔한 맛을 알게 된 거.
창가 쪽 자리에서만 볼 수 있는 바깥 풍경과
푸른 하늘을 좋아하게 된 거.

그거 말고도 당신을 좋아하게 되면서
달라진 것들이 많아요.
아침잠이 많던 내가
당신을 만날 생각에 알람이 울리기도 전에 눈을 뜨는 거.
친구들과의 약속 시간에 늘 늦던 내가
약속 시간보다 먼저 나와 당신을 기다리는 거.
모두 당신을 좋아하면서부터예요.

누군가를 알아 가는 기쁨을 알게 해준 사람.
누군가를 닮아 가는 행복을 알게 해준 사람.

당신을 생각하다 보니
문득 당신이 보고 싶어지네요.

어디쯤이냐고 전화를 걸어 볼까 하다
이내 핸드폰을 다시 내려놓았어요.

지금 이대로도 행복하니까.
당신을 기다리는 시간조차도
내겐 행복이니까.

걱정
말아요

내가 옆에 있어 줄게요.

힘들고 지친 날
한쪽 어깨를 빌려줄 수 있도록.

주저앉고 싶은 날
손 잡아 줄 수 있도록.

마음이 아프고 외로운 날
따뜻하게 안아 줄 수 있도록.

내가 당신의 힘이 되어 줄게요.

그런
사람

그런 사람이 있었으면 좋겠어요.

아무 말 없이 함께 있어도
어색하지 않고 마음이 편안해지는 사람.

바라보는 것만으로 위로가 되고
곁에 있는 것만으로 미소가 번지는 사람.

내게 그 사람이 당신이었으면 좋겠어요.

그리고 나도 당신에게
그런 따뜻한 사람이 되어 주고 싶어요.

명대사

햇살이 따뜻한 어느 오후에
책을 보다 문득
평생 가슴에 간직하고 싶은
글귀 하나를 발견했어요.

「있는 그대로 참 예쁜 당신」

"좋은 아침!"

출근길 버스 안에서
핸드폰을 꺼내
무슨 노래를 들을까 한참을 고민하다가
가장 좋아하는 노래를 듣기로 했어요.

당신 목소리.

애 매 한
사 이

아마 겨울과 봄 사이였을 거예요.
춥지도 따뜻하지도 않은 날씨마저도 애매한 그런 날.

당신과 나는 공원 산책로를 따라 걸으면서
서로가 좋아하는 가수의 노래에 대해
한참을 이야기 했었지요.
꽤 오랜 시간을 걸었는데도 어쩐지 다리가 아프다거나
발이 저리지는 않았어요.

사실 나는 알고 있었어요.
당신이 내 걸음에 맞춰 느리게 걸어 주고 있다는 걸.
그 자상한 걸음걸이가 좋아서 내 마음은
자꾸만 당신에게로 가려고 했는지도 모르겠어요.

그런데 혹시 당신은 알고 있었나요?

좋아하는 가수가 누구냐는 당신의 질문에 나는
내가 좋아하는 가수의 이름이 아닌
당신이 좋아할 것 같은 가수의 이름을 말하고 싶었다는 거.
좋아하는 노래가 뭐냐는 질문에는
왠지 사랑스러운 제목의 노래를 말하고 싶었다는 거.

아마, 그때부터였는지도 모르겠어요.
친구지만 친구가 아닌,
애매한 우리 사이에도 뭔가가 생기기 시작했던 거.

우리가 처음 손을 잡았던 그날부터.

첫 눈
오는 날

모처럼 만의 쉬는 날,

그 사람과 약속이 있어 집을 나오는데

하늘에서 눈이 펑펑 내리고 있었어요.

발목까지 쌓인 눈을 보면서

우산을 가지러 가야 하나 잠시 고민을 했지만

귀찮은 마음에 그냥 눈을 맞으며 걸어가기로 했죠.

이렇게 눈이 펑펑 쏟아지는 건 처음이라 신기하기도 했고

눈 쌓인 길을 걷는 느낌이 좋아서

나는 살짝 기분이 들떴던 것 같기도 해요.

지붕 위에도, 거리에도,

마치 온 세상이 눈으로 뒤덮인 것 같았어요.

버스 정류장으로 가는 골목길에는

벌써 누군가 만들어 놓은 눈사람이 보였고,

길 저편에는 아이들 여럿이 눈싸움을 하는 게 보였어요.

횡단보도의 사람들은

목도리를 눈 밑까지 칭칭 감고도 추운지

발을 동동 구르며 신호가 바뀌기만을 기다리고 있었고,

연인들은 다정하게 서로의 팔짱을 끼고서

눈 오는 거리를 지나가고 있었어요.

지난주에 새로 산 코트는 밖에 나온 지

10분이 채 되지 않아 온통 젖어 버렸고

예쁘게 손질한 머리는 엉망으로 헝클어지고

깨끗했던 구두는 흙과 눈으로 잔뜩 더럽혀졌지만

나는 왠지 기분이 나쁘지 않았어요.

왜 그런 날 있잖아요.

그냥 막 기분이 좋은 날.

어제와 같은 오늘이지만
왠지 마음이 더 설레는 그런 날.

버스를 타고 가는데 그 사람에게서 문자가 왔어요.
오늘 같은 날은 근사한 레스토랑에서
맛있는 음식을 먹으며 눈 내리는 풍경을 바라보는 게
좋을 것 같다고.

그래서 나는 이렇게 답장을 보냈어요.
오늘 같은 날은 비싼 음식점에 가지 않아도
길거리에서 파는 붕어빵 한 봉지를 사들고
눈 내리는 겨울을 지나는 것도 좋을 것 같다고.

소중한
당신에게

우리, 서로의 가장 가까운 곳에 머무르며

받는 사랑에 감사하고 주는 사랑에 기뻐할 줄 아는

그런 사람이 되기로 해요.

우리, 서로를 이기려고 하기보다

서로를 더 많이 이해하고 배려하는

그런 연인이 되기로 해요.

우리, 시간이 지날수록 소홀함이 아니라 소중함이 더 깊어지는

서로의 존재만으로 늘 의지가 되고 행복이 되는

그런 사랑을 하기로 해요.

마침표
없이

'당신'이라는 문제의 답은
주관식, 서술형이었으면 좋겠어요.

천천히,
되도록 아주 오래 써 내려가고 싶어요.

당신을.

정 답

가장 아름다운 계절은
지금 이 계절.

가장 중요한 순간은
지금 이 순간.

가장 소중한 사람은
지금 내 앞에 있는 당신.

사랑에 빠진
순간

그거 알아요?
당신은 웃는 모습이 참 예쁘다는 거.

오른쪽 눈 보다 왼쪽 눈이 살짝 더 커서
당신이 웃을 때면 왼쪽 눈이 더 예쁘게 휘어진다는 거.

얼마 전 잘못 자른 앞머리 때문에 당신은 속상하다 했지만
웃을 때마다 찰랑거리는 그 앞머리가
나를 미소 짓게 한다는 거.

고개를 비스듬히 기울인 채
손으로 입가를 가리고 수줍은 듯 웃다가,
이내 아무 일도 없었다는 듯 한쪽 머리를 쓸어 넘기며
평안한 얼굴로 돌아오는 당신을 볼 때면

나는 또 그 모습이 너무 예뻐서
계속 당신을 웃게 해주고 싶었다는 거.

그러다 별거 아닌 내 농담에
당신이 다시 환하게 웃어 줬을 때
나는 나도 모르게 가슴이 철렁했다는 거.

혹시, 그거 알아요?
이런 내 마음을 어떻게 표현해야 할지 모르겠는데.

당신을 좋아해.

Part 2.

흔들리는
당신에게 :

위로

당신이 머무는
계절에

아름다운 풍경이 펼쳐지기를
기분 좋은 소식이 들려오기를
사랑하는 사람이 함께하기를
행복이 조금 더 오래 머무르기를.

기 억 해 요

다른 사람을 위해 자신을 희생하지 말고
너무 많은 것을 양보하지 말고
모든 것을 다 이해하려 하지 말고

나는 당신이
다른 누군가를 먼저 안아 줘야 하는 사람이기보다
당신 스스로를 먼저 따뜻하게 안아 줄 수 있는
사람이었으면 좋겠어요.

잊지 말아요.
당신이 제일 소중해.

오늘의
일기

햇볕이 따스한 오후.
평일 이른 시간이라 거리에는 사람이 많이 없다.
이어폰을 끼고 좋아하는 노래를 재생해 본다.
잔잔하고 조용한 멜로디가 오늘 날씨와 잘 어울린다.

집 앞 산책로를 따라 조금 걷다가
단골 카페에 들러 바닐라 라떼 한 잔을 주문한다.
햇볕이 잘 드는 창가 쪽에 자리를 잡고
오늘 낮 서점에서 구입한 시집 한 권을 꺼내 읽는다.
마음에 드는 구절 아래에는 밑줄도 그어 보고
입으로 조용히 읊조려 보기도 한다.

책을 반 정도 읽었을 때쯤 커피를 한 모금 마시면
달달한 바닐라향이 입안에 퍼지면서
온 몸이 따뜻해지는 느낌이 든다.

그렇게 시집 한 권을 다 읽고 나서야
나는 카페를 나온다.

집으로 돌아가는 발걸음은 언제나 가볍다.
하늘은 맑고 바람은 선선하고
금방이라도 봄이 올 것만 같은 날이다.

길게 늘어진 그림자를 따라 걷다가 나는 문득 생각해 본다.

그림자에도 표정이 있을까.
만약 그렇다면, 지금 이 그림자를 따라 진한 밑줄을 그어 놓고
그 아래 행복이라고 주석을 달아 놓아도 좋을 것 같은데.

당 신 만
모 르 는 것

당신의 문제는
모두에게 좋은 사람이 되고 싶어 한다는 것이고
당신의 또 다른 문제는
그 과정에서 당신 스스로 너무나
큰 스트레스를 받고 있다는 거예요.

그런 당신의 가장 큰 문제는
당신이 얼마나 좋은 사람인지
당신 자신이 모르고 있다는 데 있어요.

시간이
필요해

머리를 짧게 잘랐어요.
어깨에 닿을 정도로 잘라 달라고 했는데
자르고 보니 귀를 간신히 덮을 정도의 길이였어요.

짧게 자른 머리가 적응이 되질 않아
거울을 볼 때나 유리에 내 모습이 비칠 때면
어색함에 쓰고 있던 모자를 더 푹 눌러쓰곤 했어요.

이렇게 갑자기 변해버린 머리에도 적응하는 시간이 필요한데
사람은 얼마만큼의 시간이 필요할까요?

올 겨울에는 눈이 오지 않을 거라고,
다가오는 봄에는 꽃이 피지 않을 거라고,
누군가 그렇게 예고라도 해 준다면
놀라지 않도록 미리 마음의 준비라도 할 수 있을 텐데.

준비 없는 마음에 갑자기 비가 내리고, 바람이 불면,
나는 피할 수도 없이 그 모든 것들을
그대로 맞을 수밖에 없어요.

비는 언제 그치는지
바람은 언제쯤 멈추는지,
눈이 내리려면 얼마를 더 기다려야 하는지
꽃을 피우려면 얼마간의 시간이 더 흘러야 하는지,
누구도 알려 주지 않아요.

그래서 지금 나에게는
얼마간의 시간이 더 필요한 건지도 모르겠어요.

비에 젖은 마음이 마를 때까지
바람에 스친 상처들이 아물 때까지.

마음이
닫히는 이유

마음을 안 여는 게 아니라
마음을 못 여는 거겠지요.

마음을 열수록
가슴에 멍 자국만 더 늘어갈까 봐.

상처가 많은
사람

상처가 많은 사람은
누군가에게 먼저 다가가는 게 힘들어요.

용기가 없어서가 아니라
겁이 나는 거죠.

또다시 상처받게 될까 봐.
또다시 누군가를 잃게 될까 봐.

닫힌 문 앞을
서성이고 있는 당신에게

문이 잠겨 있는 것 같나요?
노크 소리를 듣지 못하는 것 같나요?

다시 생각해 봐요.
그 문이, 열릴 문이었다면 그렇게 기다리지 않아도
누군가는 문을 열고 나와 주었겠지요.

우리 마음도 그래요.

아무리 노력해도 열리지 않는 마음이라면
당신이 기다리고 있다는 걸 알지 못해서가 아니라
열어 줄 마음이 없기 때문이에요.

제 아무리 꽉 잠긴 문이라도 열어 줄 마음이 있다면
어떻게든 문을 열고 나와 주었겠지요.

나는, 당신이 닫힌 문 앞을 서성이기만 하는
그런 사랑을 하길 바라지 않아요.

문 앞에 서기도 전에 발걸음 소리만 듣고도 헐레벌떡 뛰어나와
"내가 너무 늦게 연 건 아니지" 하고
반갑게 문 열어 주는 그런 사람을 만났으면 좋겠어요.

당신만 좋아서 하는 사랑이 아닌
그 사람도 당신을 좋아해 주는
그런 사랑을 했으면 좋겠어요.

그게 사랑이에요.

무너지지
말아요

마음이 정말 아프고 힘든 사람들은
아프다는 말조차 하기 힘들대요.

애써 버티고 있던 것들이
그 한마디로 모두 무너져 버릴까 봐.

지금 당신 마음이 그래요.

당신… 많이 힘들죠.

쿨 하지 않은 사람

인간관계에 더 이상 연연하지 않겠다고
겉으로 온갖 쿨한 척을 다했지만
사실 아직도 나는 미련덩어리예요.

멀어지는 사람 보면 다시 가까워지고 싶고
떠나가는 사람 보면 다시 붙잡고 싶고.

누군가에게 다시 다가가고 싶고
누군가와 다시 친해지고 싶고.

손빨래

세탁기에서 빨래를 꺼내다가
쪼글쪼글 작아져 버린 옷을 발견했어요.

아차, 싶었죠.
빨래를 돌리기 전에도 사실 좀 고민했었거든요.

손빨래를 해야 할 것 같기도 하고,
세탁기에 돌려도 괜찮을 것 같기도 하고.

고민을 좀 하다가
날씨도 춥고, 귀찮기도 해서,
그냥 세탁망에만 넣어서 다른 옷들이랑 같이
세탁기에 돌려 버린 거죠.

괜찮겠지, 하면서.

그런데 그게 아니었나 봐요.
옷이 이렇게 작아져 버릴 거라곤 생각하지 못했어요.

옷을 다 말린 후, 다리미로 다려 봤는데
쪼글쪼글 구겨진 부분은 펴질지 몰라도
줄어든 크기는 되돌릴 수가 없었어요.

잃고 나서야 알게 되네요.
귀찮아하면 소중한 걸 잃게 된다는 거.

상처가
생기는 이유

상처는,
이해받지 못하는 마음에서 생기는 것이 아니라
억지로 이해해야 하는 마음에서 생기는 것 같아요.

나라면 그럴 수 없는 일들을
그 사람이기에 그럴 수도 있다고.
억지로 이해하고
억지로 참아야 할 때.

그 사람에게 이해받고 싶어서
그 사람을 이해하려고 노력했고
그 사람에게 상처받고 싶지 않아서
그 사람을 상처 주지 않으려고 노력했어요.

그게 사랑인 줄 알았어요.

그 모든 것들이 쌓여서
내 상처가 되는 줄도 모르고.

따 뜻 한
사 람

당신은 사실
상냥하고 친절한 사람인데
상처받지 않기 위해
억지로 마음의 문을 닫아 버린 채
살아가고 있는 것은 아닌지.

당신은 사실
따뜻한 사람이 아닌지.

우 선 순 위

우리 인생에도 우선순위라는 게 있어요.

누군가 당신에 대해 안 좋은 말을 하고 다닌다면
당신은 그 사람이 왜 그런 말을 했는지를 생각하기 전에
상처받은 당신의 마음부터 먼저 들여다봐야 하지 않을까요?

다른 사람의 마음을 먼저 생각하고
이해하려는 노력보다
자신의 마음을 먼저 생각하고
이해하려는 노력이 필요해요,

당신에게는.

감당하기
힘든 일

사실 나는 걱정도 많고 고민도 많은데

그 모든 일들을 감당해야 하는 게

아직 너무 버거운데

씩씩한 사람인 척

긍정적인 사람인 척 하는 건

역시 너무 힘들어요.

바 라 는 삶

때로는 좀 냉정해지고 싶어요.

아니다 싶은 일엔 미련 없이 돌아서고
멈춰야 하는 순간이 오면 미련 없이 놓아 버리고
그렇게 냉정히 살아가고 싶어요.

어떤 것에도 매달리지 않고
어떤 것에도 미련을 두지 않는
그런 삶을 살고 싶어요.

밤 편지

밤이 깊었는데 왜 아직 안 자고 있어요.

스치는 생각들이 당신을 놓아주지 않나요.

오늘도 당신의 밤은 그렇게 고단한가요.

편하지만은 않은 하루였겠죠.

알아요. 늘 웃고 있어도 마음으로 이미 울고 있다는 걸.

지금 이 순간에도 남모르는 고민과 걱정들로

힘들어하고 있다는 걸.

내색할 수 없을 뿐 이미 아파하고 있다는 걸.

지금 걱정하는 모든 것들.

다 괜찮을 거예요.

아무 일도 없을 거예요.

그러니까 이제 그만 힘들어하고

오늘 밤은 아무 생각하지 말고

푹, 자요.

잊지 말아야
할 것

당신을 싫어하는 사람은 누구인가요?
지금 생각나는 사람들을 공책에 한 번 적어 보세요.

그렇다면 당신을 좋아하는 사람은 누구인가요?
방금 적었던 곳 옆에 당신을 좋아하는 사람들의 이름도
쭉 한번 적어 보세요.

다 적었으면 이제 그 둘을 비교해 보세요.

세상에는 당신을 싫어하는 사람보다
당신을 좋아하는 사람들이 더 많아요.

그 사실을 잊지 말아요.

상처가 많은
당신에게

당신이 마음의 문을 쉽게 열지 못하는 건
누군가로 인한 상처 때문이라는 걸 알기에
따뜻하게 안아 주고 싶어요.

상처받은 그 마음에
따뜻함을 불어 넣어 줄 수 있는 사람이
되어 주고 싶어요.

힘든 사랑을 하고 있는
당신에게

말도 안 되는 핑계로
오늘 당신을 울린 그 사람은
내일 또 다른 핑계로
또다시 당신을 울릴 수도 있어요.

그 사람이 아무리 좋아도
나를 버려 가면서까지 사랑해서는 안 돼요.
나 혼자 좋아해서 매달려야 하는 사랑 말고
서로가 좋아서 어쩔 줄 모르는 그런 사랑하세요.

당신은 소중하니까.

마음이 여린
당신에게

흘러가는 시간에 연연하지 말고
사소한 걱정들에 휩쓸리지 말고
잠시 스칠 인연에 상처받지 말고

당신이 머무는 곳에는
예쁘고 좋은 바람만 불기를.

모든 것에 지쳐 버린
당신에게

자꾸 예상치 못한 일이 생기고
마음대로 되는 게 하나도 없고
잘하려고 할수록 꼬여만 가는 일상이
너무 답답하겠지만

주변에 좋은 사람이 머무는
당신은, 괜찮을 거예요.

흔들리는
당신에게

당신의 마음을
생각해 주지 않는 사람 때문에
힘들어하지 말고

당신을 힘들게 하지 않는
좋은 사람을 만나
벅찰 만큼 사랑받는
당신이 되기를.

생각이 많은
당신에게

너무 신경 쓰지 마세요.

너무 매달리지 마세요.

너무 불안해하지 마세요.

그게 무엇이든, 다 지나갈 거예요.

뜬구름 잡는
이야기

오늘은 하늘에 뜬구름이 참 예뻤어요.
꼭 솜사탕 모양 같았거든요.

나는 문득 놀이공원에 가고 싶나는 생각을 했어요.

놀이기구를 타다 지치면,
솜사탕 하나를 사서 당신과 둘이 나눠 먹으며
지친 몸을 잠시 쉬었다 가는 생각.

그렇게 쉬다가 재미있었던 놀이기구를 한 번 더 타러
가 보는 것도 좋을 것 같아요.

조금 유치하지만 회전목마 앞에서 브이를 그리며
사진을 찍어 보는 건 어때요.

줄이 긴 놀이기구를 기다리면서
하늘이 참 예쁘다, 구름이 참 예쁘다, 같은
그저 그런 이야기를 해 보고 싶기도 해요.

당신은 재미없는 내 농담에도 곧잘 웃어 주곤 했었는데.
여전하겠지. 여전히 잘 웃겠지.
다시 만나게 된다면 여전히 내 손 잡아 주진 않을까.

오늘은 구름이 참 예쁜 날이에요.

같이 걸어 주지 않을래요?

당신도 이 계절 어딘가에서
걷고 있다면.

Part 3

보고 싶은
당신에게 :

그 리 움

어 느 날

어느 날 오겠지
또 다른 사랑이 오겠지
근데, 그 사람이 오는 건 아니겠지.

당신은
알 까

오랜만이라는 흔한 안부 인사에
혹시라도 우리 다시 만날 수 있는 걸까 기대하며
잠시나마 설렜던 것.

당신의 가벼운 농담에
마음 편히 웃을 수 없었던 것.

내가 그 오래된 추억들을 전부 기억하고 있다는 것.

지금도 당신을 기다리고 있다는 것.

그리고 이 모든 것들이 무의미하다는 것.

사 랑 °C

따뜻한 계절을 좋아하는 사람도
한여름의 뙤약볕을 견디기는 힘들고
따뜻한 커피를 좋아하는 사람도
뜨거운 커피를 마시는 건 힘들어요.

따뜻함을 좋아하는 것이지
뜨거움을 좋아하는 것이 아니기 때문이지요.

따뜻한 당신은
그래서 나를 놓아 버렸는지도 모르겠어요.

내가 너무 뜨거워서.
당신과 나의 온도가 너무도 달라서.

그 남자

노래를 들을 땐 이어폰의 한쪽을 만지작거리곤 해요.
길을 걸을 땐 오른쪽을 자꾸 확인하는 버릇이 생겼어요.
잠들기 전 한 번씩 문득 핸드폰을 확인하곤 해요.

사진첩엔 내 사진보다 당신의 사진들이 더 많고
내 방 침대에는 주인을 잃어버린 인형들이 가득하네요.

나는 많은 것들이 변했어요.
어떤가요?
당신도 많은 것들이 변했나요?

그 여자

노래를 들을 땐 이어폰을 한쪽으로만 해서 들어요.
길을 걸을 땐 지금도 오른쪽으로만 걷고요.
잠들기 전 핸드폰을 꺼두는 습관도 여전해요.

당신이 찍어 준 내 사진은
여전히 내 방 액자에 걸려 있고
당신이 선물해 준 인형도
아직 내 방 침대에 있어요.
나는 아직 그대로예요.

어떤가요?
당신에게도 아직 그대로인 게 있나요?

당신을
놓쳐 버린 이유

당신의 손이 늘 따뜻했던 건
차가운 내 손 잡아주기 위해서였다는 걸.

당신이 늘 왼쪽으로만 걸었던 건
내가 오른쪽으로 걷는 걸 좋아하기 때문이었다는 걸.

당신이 게임에서 늘 져 주었던 건
아이처럼 즐거워하는 내 얼굴이 보고 싶어서였다는 걸.

너무 늦게 알아 버렸어요.
내가 당신을 놓칠 수밖에 없었던 이유를
이제야 알 것 같아요.

나는 항상 모든 것들을
너무 늦게 알아 버리기 때문이에요.

이 별 후

마음이 시간에게 물었어요.
언제쯤이면 괜찮아지냐고.

시간이 말했어요.
이제 막 시작이라고.

끝은 알 수 없다고.

다른 이별

당신에게는
등 한번 돌려 버리면 그만일 쉬운 이별이,

누군가에게는
수많은 밤을 눈물로 지새워야 할
기나긴 기다림의 시작점이었어요.

좋은 추억

지나고 나면
모두 좋은 추억이 될 거라고 하는데
대체 얼마나 더 지나야 하는 걸까요.

아직은 이 모든 게
너무 힘들고 아프기만 한 순간들인데.

먼 훗날

나도 누군가에겐 그리운 사람일까.

전할 수 없는 어느 날의 그런 안타까운 사람일까.

문득 떠올라 가슴 한 켠을 먹먹하게 울리는

그런 아쉬운 사람일까.

나는 당신에게 어떤 사람일까.

전하고 싶은 말

멀리, 아주 멀리 가 버린 어느 날,

우연히 맞닥뜨린 추억에라도
우연히 지나치던 길목에서라도
혹시라도 그때가 그리운 날이 오거든
어떠한 순간에도 망설이지 않아도 된다는 걸
당신에게도 알려 주고 싶어요.

여기, 당신을 기다리는 누군가가 있다는 걸
내가, 아직 잊지 않았다는 걸

당신에게도
꼭, 말해 주고 싶어요.

의미 없는
깨 달 음

미워해야 할 이유들이 더 많은데
아직도 당신을 생각하면
입가에 슬며시 미소가 피어올라요.

항상 돌이킬 수 없는 지점에서 알아차리곤 해요.

당신은 이미 없는데
이제 와 깨닫는다 해도 어쩌지 못하는 상황에서.

아, 사랑이구나.

멈 춰 버 린
우 리

지난 주말엔 친구와 함께 〈라라랜드〉라는 영화를 봤어요.
꿈이 있다는 공통점으로 만난 두 주인공이
정말 예쁜 사랑을 하지만 남자주인공이 꿈이 아닌
현실에 타협하고 서로 갈등하면서
결국 두 사람이 헤어지게 되는 그런 내용이었어요.

결말이 너무 현실적이라 슬프다는 친구의 말에,
그래도 결국엔 각자가 원하던 꿈을 이뤘으니
그걸로 된 거 아닐까, 라고 대답하는데
그때 나는 왜 당신이 생각났을까요?

꿈이 있다는 것만으로 아무것도 가진 것 없이도
행복했던 시절이 나에게도 있었는데.
내 꿈을 나보다 더 믿어 주고 응원해 주던
그런 사람이 나에게도 있었는데.

가장 찬란하게 빛나던 그 시절 나와 함께 꿈을 향해 달리던
그런 사람이 나에게도 있었는데.

그랬던 우리는 지금 어디에 있는 걸까.
그랬던 당신은 지금 어디에 있는 걸까.
우리도 결국엔 각자가 원하던 꿈을 이뤘으니
정말 그걸로 된 걸까.

영화 속 대사처럼,
그 시절의 나는 그냥 흘러가는 대로 살고 싶었는데.
아주 오래, 평생을 그렇게 당신과 함께 흘러가고 싶었는데.

어떤 마음

붙잡기엔 이미 너무 멀어져 버렸고
보내 주기엔 아직 아쉬운 게 많아요.

간직하기엔 버거운 기억들인데
잊고 살아가기엔 우리 추억이 너무 소중해요.

당신의 마음을 이해하기엔
이해받지 못한 내 마음들이 너무 아프고
이대로 체념하기엔 아직 당신이 너무 좋아요.

어떤 것도 할 수 없어요.
어떤 것도 하고 싶지 않아요.

스테디셀러

누가 그러더라고요, 헤어진 사람을 다시 만나는 건
결말을 아는 소설을 두 번 읽는 것과 같다고.

그런데 있잖아요.
한 번쯤 다시 읽어 보고 싶은 책이 있잖아요.
결말을 알아도 읽을 때마다 해석이 달라지는 책이 있잖아요.
그래서 나는 다시 시작해 보고 싶어요.

또 같은 일들이 반복된다고 하더라도
또 같은 이유로 우리가 힘들어지게 된다고 하더라도
나는 다시 당신을 만나고 싶어요.

당신만 허락한다면 열 번이고 스무 번이고
다시 만나 노력해 보고 싶어요.

우리가 잘될 때까지.

방 황

다가갈까요?

아니면, 여기서 멈출까요?

혹시

기억이나 할까요.
내가 당신 곁에 머물렀던 순간을.

한 번쯤 생각이라도 할까요.
우리 함께했던 순간들을.

당신도 후회라는 걸 할까요.

혹시 지금 아프다면
우리 다시 만날 수는 없을까요.

지금이라면

당신을 조금만 더 늦게 만났더라면 좋았을 것 같아요.

지금이라면 그날의 나보다 더 넓은 가슴으로
당신을 안아 줄 수 있을 것 같은데.

어쩌면 우리는 너무 서둘러 만나 버린 탓에
너무 아쉽게 헤어져 버린 건지도 몰라요.

그때가 아닌 지금이라면 어땠을까요.

지금이라면.

외사랑의
4대 비극

나는 그 사람을 사랑한다.

그 사람은 나를 사랑하지 않는다.

그 사람이 언젠가 나를 돌아봐 줄 거라 착각한다.

이 비극이 언제 끝날지 모른다.

고 장 난
마 음

사소한 친절에 의미를 부여하는 일,

답을 알면서도 질문을 여러 번 하는 일,

흐르는 노래의 어느 한 구간을 반복해서 듣는 일,

끝이 보이지 않는 길을 무작정 걷는 일,

상처를 웃음으로 무장시키는 일,

닫힌 문 앞을 서성이는 일.

이제 그만 멈춰야 한다는 걸 알면서도

마음이 따라주지 않는 일.

빈 손

당신은

빈 손으로 나에게 와 주었으면 좋겠어요.

그럼 나도

많은 것을 기대하지 않는 빈 손으로

당신 손 잡아 줄 수 있을 텐데.

시 작

어렴풋이 짐작하고 있었어요.

사랑해선 안 되는 사람이라는 걸.

하지만,

짐작이 확신이 된 순간에는 이미 시작되고 있었어요.

살면서 들었던 말 중
가장 슬펐던 말이 뭔지 알아요?

"이제, 그만 나를 잊어요."

세상에서
가장 어려운 일

그냥 당신을 보내 주면 되는 건데.

그냥 당신을 잊어 주면 되는 건데.

그냥 당신을 포기하면 되는 건데.

그냥 당신을 지워 주면 되는 건데.

그냥 내가 그러기만 하면 되는 건데.

안부

어둠이 짙게 내려앉은 밤이면
어김없이 내 안부를 물어봐 주었던 당신에게.

표현하지 못했지만
당신을 많이 좋아했어요.

가만히 서 있기만 해도 많은 것들이
휘청이던 그 시절에
부지런히 나의 안부를 물어봐 주던 당신이 있어
나는, 비가 와도 눈가가 젖지 않았고
바람이 불어도 마음이 시리지 않았어요.

그래서 나는 요즘도 비가 오는 날에,
바람이 많이 부는 날에,
창 밖을 물끄러미 바라보곤 해요.

울리지 않는 핸드폰의 전원 버튼을
슬며시 눌러 보기도 해요.

알고 있어요. 이런 게 미련이라는 거.

하지만, 궁금해요.
이제는 우연히 마주치더라도
서로 안부조차 물을 수 없는 사이가 돼 버렸음을 알지만
그래도 이따금씩 당신의 소식이 궁금하곤 해요.

그래서 답이 되어 돌아오지 않을 거라는 걸 알면서도
그 시절의 당신이 그랬던 것처럼
온 세상이 잠이 든 깊은 밤이 되면
창 밖을 물끄러미 바라보며
어김없이 당신의 안부를 물어보곤 해요.

당신, 잘 지내시나요?

Part 4.

나를 스치고 간
당신에게 :

이별

끝

나만 노력했고

나만 아쉬웠던 우리 관계였기에

나만 놓으면 되었던 것.

위태로운
사랑

바람이 부는 순간조차 불안했다.
당신이 흔들릴까 봐.

그러나 내색할 순 없었다.
당신이 지칠까 봐.

이렇게 위태로운 마음이었다.

당신과 나 사이의
멈추지 않는 바람 때문에
내 모든 것들이 흔들리고 있었다.

이런 마음으로 사랑했었다.

이별이
오기까지

아쉬움 따위 없는 것 같았다.
그저 내가 지치기만을 기다리는 사람 같았다.
나를 대하는 당신 태도가 그랬다.

어떤 날은
답이 되어 돌아오는 말보다
가시가 되어 가슴에 꽂히는 말들이 더 많았다.

당신 말투가 그렇게 아팠다.

슬픈 공식

진심을 주었더니
상처가 돼서 돌아오고
마음을 주었더니
시련이 돼서 돌아오더라.

오 랜 착 각

날씨가 더워서 시원한 음료를 마시고 싶다고 했더니
당신은 그러라고 했어요.
다시 마음이 바뀌어서 따뜻한 음료를 먹겠다고 했더니
이번에도 당신은 그러라고 했어요.

갑작스러운 충동에 머리를 짧게 자르겠다고 했더니
당신은 그러라고 했어요.
하루도 되지 않아 머리를 다시 기르겠다고 했더니
이번에도 당신은 그러라고 했어요.

나는 당신이 나를 좋아해서 그러는 줄 알았어요.
근데, 이제는 알아요.
그게 아니라는 걸.

당신은 아마 내가 떠난다고 해도

그러라고 할 거예요.

다시 돌아온다고 해도

그런 나를 막지 않겠죠.

그래요, 이 모든 게 다 내 착각이었던 거예요.

당신은 나를 좋아했던 게 아니라

내가 뭘 하든 관심이 없던 거였는데 말이에요.

적당한
결말

그 모든 문제들에 대해
적당히 이해하고
적당히 포기했을 때

이별이 오더라.

지 나 친
이 해 심

약속 장소에 조금 일찍 도착을 해서 당신을 기다리고 있는데
저 멀리서부터 묘하게 낯이 익은 사람이 다가오는 거예요.

설마 했는데, 예전에 사귀던 사람이었죠.

그 사람이 먼저 아는 척을 하길래 나도 얼떨결에 인사를 했어요.
잘 지내냐고 물어서 잘 지낸다고도 했어요.
그런데 그 사람은 잘 지내지 못한대요.
무슨 일 있냐고 했더니 무슨 일은 없고 나 때문이래요.
종종 내 생각을 했다고 아직도 나를 잊지 못하고 있다고 했어요.
나는 너무 당황한 나머지 무슨 말을 해야 할지 몰라서
그 사람의 시선을 피하고만 있었는데,
그때 당신이 나타났어요.

당신이 물었죠, 아는 사람이냐고.

대답을 망설이는데 그 사람이 대신 대답을 했어요.

예전에 만났던 사람이라고.

남자친구가 있는지 몰랐다며 미안하다고 사과를 하고는

그 사람은 가 버렸죠.

그렇게 그 사람이 가고,

당신과 둘만 남은 나는 허둥지둥 변명을 늘어놨어요.

혹시라도 당신이 오해를 할까 봐 걱정이 됐거든요.

하지만 그런 내게 당신은 말했죠.

변명하지 않아도 된다고.

나를 이해한다고.

나조차 이해할 수 없는 이 기막힌 상황을

너무나도 쉽게 이해한다는 당신의 말에 나는 어쩐지

허탈한 마음이 들었어요.

실은, 당신이 내게 화를 낼 줄 알았거든요.

당신이 화를 내지 않아 기뻐야 하는데.
당신이 오해를 하지 않아 안도해야 하는데.
내 마음은 왜 이런 걸까요.

이해한다는 말은 너무도 다정한 위로이지만
때로는 큰 상처가 되기도 하네요.

아마도 나는 알아 버린 것 같아요.
당신의 지나친 이해심이
나에 대한 무관심과 닮아 있다는 것을.

문제

뭐가 문제인지 몰라서 한참을 생각했어요.

아무 문제 없이도
식어 버릴 수 있는 게
사람 마음인데.

어느 날 갑자기 아무 이유 없이
그럴 수도 있는 게
사람 마음인데.

너무 쉽게
마음을 열지 말 것

이젠 누군가에게 실망하는 일보다

그로 인해 내 가슴에 난 상처들이

점점 커져만 가는 게

더 두려워요.

빈자리

영화관이 만석이라 맨 앞줄에서 영화를 보게 됐어요.

처음에는 그래도 집중을 하면서 봤는데

시간이 지날수록 자리가 너무 불편한 거예요.

목도 아프고, 허리도 아프고.

영화 내용과 상관없이 실망만 하고 집으로 돌아왔어요.

생각해 보면 당신을 향한 내 마음이 꼭 그랬던 것 같아요.

당신 옆자리가 나는 어쩐지 좀 불편했거든요.

당신이 좋은 사람이라는 걸 알고,

나를 많이 사랑해 줄 거라는 것도 아는데.

아무리 재미있는 영화를 봐도

자리가 불편하면 집중을 할 수 없는 것처럼

아무리 당신이 나에게 잘해 줘도

나는 그 자리가 계속 부담스럽기만 했어요.

빈자리가 있다고 그 자리가 다 내 자리는 아닐뿐더러
억지로 앉는다고 다 내 자리가 되는 것도 아닌 것 같아요.

그러니까 나는 지금
당신 옆자리는 내 자리가 아니라는 말을 하고 있는 거예요.

나를 사랑하는 당신에게.

한밤중의
전화

당신이 물었죠, 당신을 사랑하느냐고.

비가 많이 오던 그날 밤,
왠지 모르게 잠이 오질 않아
나는 핸드폰의 전화번호부를 보고 있었어요.
그때, 당신의 이름이 눈에 띄었지요.

늦은 시간인 걸 알았지만
혹시나 하는 마음에 전화를 했어요.

자다 일어난 듯 잔뜩 갈라진 목소리로 전화를 받은 당신은
마침 잠이 오지 않아 책을 읽고 있던 중이라고 했어요.

당신이 정말 책을 읽고 있었는지,
아니면 내 전화에 잠을 깨놓고

나를 배려해 거짓말을 하는 것인지,
그런 건 내게 중요한 게 아니었어요.

당신이 내 전화를 받았다는 게 중요한 거죠.

그날 밤,
나는 누군가 내 전화를 꼭 받아주기를 바랐거든요.

그 사실을 알 턱이 없는 당신은
잔뜩 기대하는 목소리로 내게 물었어요.
당신을 사랑하느냐고.

솔직히 말할게요.
나는 사랑이 하고 싶었어요.

당신이어도 되고, 당신이 아니어도 되는,
어떤 누군가와.

친구 part 1

우리, 그냥 친구로 지내자.

너랑 몇 번 만나면서 호감이 생겼던 것도 사실이고

너랑 사귀면 어떨까, 생각해 본 적도 있었어.

그런데 아무래도 우리는 안 될 것 같아.

너도 느꼈잖아, 너랑 나, 잘 안 맞는다는 거.

사귀다 보면 아마 더 심하게 어긋나게 될 거야.

그렇게 되는 것보다는 그냥 여기서 멈추는 게 나을 것 같아.

지금 당장은 힘들겠지만 시간이 지나면 괜찮을 거야.

헤어지고도 친구로 지내는 사람들이 많은데

우리는 사귀었던 사이도 아니니까

금방 털어 버릴 수 있을 거야.

다시 친구로 지내자, 우리.

친구가 되고 싶었으면

처음부터 친구를 하자고 하지 그랬어요.

먼저 만나자고 한 것도 당신이고

먼저 마음을 표현한 것도 당신이었는데

이제 와 우리는 안 될 것 같다니.

그래요, 나도 느꼈어요. 당신과 나는 조금 다르다는 거.

그래서 나는 그런 당신이 좋았어요.

나와 다른 당신이, 그래서 더 궁금했어요.

그런데 이제 와서 이러는 법이 어디 있어요.

사람 마음을 이렇게 흔들어 놓고 시간이 지나면 괜찮을 거라니.

누군가는 헤어져도 다시 친구가 될 수 있다고 하지만

우리는 아니에요. 마음이 아직 그대로인데 어떻게 친구가 돼요.

친구는 안 돼요, 우리는.

유 죄

살짝 스친 마음에
너무 많이 흔들려 버린 내 탓.

연락을
안 하는 이유

원래 연락을 안 하는 사람도
좋아하는 사람한테는 안 그래요.

원래 무심한 성격인 사람도
좋아하는 사람이 생기면 안 그래요.

바빴던 게 아니라
귀찮았던 거고

시간이 없었던 게 아니라
그 마음에 내가 없었던 거겠죠.

'원래'라는 건 없어요.

오 해 는
금 물

당신이 '좋다'고 했지
나를 무작정 기다리게 해도 '좋다'고
한 적은 없어요.

감정 표현에 솔직했던 거지
나를 함부로 대해도 된다는 뜻은
아니었다는 말이에요.

계산적인
사랑

나는, 당신을 만날 때면 항상 우리 집에서 약속 장소까지
가는 데 걸리는 시간을 계산해 보곤 했어요.

그래서 20분이 걸리면 20분 전에 출발을 했고
30분이 걸리면 30분 전에 출발을 했어요.
그래야 약속 시간에 딱 맞게 도착을 할 수 있으니까요.

간혹 지하철이 늦게 와 약속 시간에
5분 정도 늦을 때도 있었지만
그런 건 그다지 신경 쓰지 않았어요.
당신도 차가 막혀 간혹 5분 정도 늦을 때가 있었으니까.
내가 그런 당신을 이해하듯
당신도 그런 나를 이해해 줄 거라 믿는,
우리 사이의 암묵적 합의 같은 거였죠.

그래서 나는 당신을 만나는 게 참 편했어요.

우리 사이에는 암묵적으로 합의된 것들이 많았거든요.

피곤한 날에는 갑작스럽게 약속을 취소할 때도 있었어요.

바쁘지 않은데도 바쁘다는 핑계를 댄 적도 있어요.

문자를 확인한 후 귀찮을 땐 답장을 하지 않은 적도 있었죠.

전화를 일부러 받지 않았던 적도 있어요.

그렇게 하면서도 당신에 대한 미안함은 없었어요.

당신도 내게 그랬으니까.

그런 당신을 내가 이해하듯

당신도 그런 나를 이해해 줄 거라 믿었으니까.

그래요. 솔직하게 말할게요.

나는 그만큼만 당신을 사랑했어요.

당신이 나를 사랑하는 만큼. 딱 그만큼만.

뛰지 않는
이유

지하철에서 내린 사람들이
황급히 계단을 올라가는 모습을 봤어요.
아마도 환승을 하러 가는 거겠지요.

당신과의 약속 시간을 지키려면
나도 저 사람들을 따라 같이 뛰어야 했지만
나는 왠지 그러고 싶지 않았어요.

이번에 환승을 못해도
어차피, 10분 뒤면 다음 버스가 또 올 테니까.

솔직히 말하면
당신을 만나러 가는 길에
서둘러 환승을 하러 간 적은 한 번도 없었어요.

버스를 타도 그만,

놓쳐도 그만.

늘 그런 마음이었으니까.

돌이켜 보면

당신과의 약속 시간에 늘 그렇게 늦었던 것도

늘 그런 마음이었기 때문인 거 같아요.

당신을 만나도 그만

안 만나도 그만인 그런 마음.

내 마음

살다 보면 그럴 때가 있어요.

내가 가는 길이 틀린 길인 걸 알면서도
계속 직진을 하고 싶을 때.
답이 되어 돌아오지 않을 걸 알면서도
질문을 계속 하고 싶을 때.

그 옷은 나에게 맞지 않는 옷이라는 걸 알면서도
욕심을 내어서라도 한번쯤 입어 보고 싶을 때.

살다 보면 그럴 때가 있어요.

당신을 사랑하겠다고 마음먹었을 때
내 마음이 그랬어요.

당신 마음

살다 보면 그럴 때가 있어요.

잘해 보려고 했던 일들이 엉망으로 꼬여 버릴 때.
내가 잘못한 일이 아니지만 모든 것들이 내 잘못인 것만 같을 때.

지키고 싶었던 것들이 있지만 놓칠 수밖에 없는 순간이 올 때.
소중하게 아끼는 것들이 멀어져 가는 순간에도
아무것도 할 수 없을 때.

살다 보면 그럴 때가 있어요.

노력만으로 어쩔 수 없는 것들이 있고
진심이 통하지 않을 때도 있어요.
당신 마음이 내게는 그랬어요.

나를 스치고 간
당신에게

잘 지내라는 말은 너무 상냥한 것 같고
더 좋은 사람 만나라는 말은 왠지 하고 싶지 않아서
마지막 인사로 뭐가 좋을지 한참을 고민하다가
그냥 이렇게 말했어요.

"그동안 고마웠어."

실수

당신의 첫 번째 실수는 나를 만나 사랑한 것.
나의 첫 번째 실수는 당신의 마음을 전혀 모르고 있었던 것.

당신의 두 번째 실수는 내게 사랑을 고백한 것.
나의 두 번째 실수는 당신의 고백을 거절한 것.

당신의 세 번째 실수는 내게 매달린 것.
나의 세 번째 실수는 그런 당신을 뿌리치고 멀리 떠나 버린 것.

당신의 네 번째 실수는 나를 붙잡지 않았던 것.
나의 네 번째 실수는 떠난 뒤 당신을 그리워한 것.

당신의 다섯 번째 실수는 너무 쉽게 나를 잊어버린 것.
나의 다섯 번째 실수는 다시 당신에게 돌아온 것.

당신의 여섯 번째 실수는 돌아온 나를 외면한 것.

나의 여섯 번째 실수는 그런 당신을 사랑해 버린 것.

당신의 마지막 실수는

이미 다른 사랑을 시작한 것.

나의 마지막 실수는

그런 당신을 아직 잊지 못하고 있는 것.

Part 5.

모든 것에 서툰
당신에게 :

깨달음

진심의
한계

진심은 아무런 힘이 없어요.

내가 아무리 마음을 주고 노력을 해 봐도
상대방이 마음 닫고 등 돌리면
모든 게 끝.

너 무 많 은 것 을
기 대 하 지 말 것

이제 조금은 알 것 같아요.

실망과 상처는 그 사람 때문이 아니라
그 사람에 대한 나의 헛된 기대 때문이었다는 것을.

떨어진 단추

외출을 하려고 옷을 입다가
코트에 달린 단추 하나가
떨어져 나간 걸 알게 됐어요.

며칠 전부터 실밥이 느슨하게
풀어진 걸 봤는데
다음에 꿰매야지, 하고
미루고 미루다
결국 단추가 떨어져 나가 버린 거죠.

옷장에서부터 침대 밑 구석까지
온 방을 샅샅이 뒤져 봤지만
떨어진 단추를 찾을 수는 없었어요.

느슨하게라도 묶여 있던 단추가

흔적도 없이 사라져 버리는 건 한순간이었죠.

그리고 그건 아마 단추만이 아닐 거예요.

당신과 나의 관계도.

모든 것에 서툰
당신에게

연인관계, 친구관계, 그게 어떤 관계이건
어느 정도의 배려와 예의가 필요하고
노력은 필수예요.

서로 사랑하는 사이라고 해서,
절친한 친구 사이라 해서,
당연시되는 건 어디에도 없어요.

싫었던 것을 좋은 것으로 만들기는 어렵지만
좋았던 게 싫어지는 건 한순간이에요.

그러니까,
소중한 관계일수록 더욱 조심해야 해요.

존중해 주는
관계

인간관계는 너무 가까워도 안 좋은 거 같아요.

가까울수록 괜히 더 기대하게 되고
기대에 못 미치면 실망하게 되고
가깝다는 이유로 점점 소홀하게 되고
소홀해지면 또 서운하게 되고.

가까울수록 서로를 존중해 주는 관계가 좋아요.

인 간 관 계

99번 진심이었어도

1번의 오해로 무너져 버릴 수도 있는 게

인간관계.

깨진 액정

핸드폰을 실수로 떨어트렸어요.
액정에 살짝 금이 갔지만 사용하는 데는
문제가 없었어요.

그런데 이상하게 그 뒤로 핸드폰을 볼 때마다
자꾸만 신경이 쓰였어요.

안 그러려고 해도 계속 금이 간 부분만 보게 되니까.

크게 금이 간 것도 아니고
아주 살짝 금이 간 것뿐이었는데.

크고 작음의 문제가 아니라
아끼던 핸드폰에 금이 간 것 자체가 싫었던 거죠.

어쩌면 사람과의 관계도 그렇지 않을까요?

누군가로 인해 한 번 금이 가 버린 관계는
액정이 깨진 핸드폰처럼 자꾸만 신경이 쓰이고
괜찮은 척해 보려고 해도
결국 멀어져 버리기 마련이에요.

100퍼센트의 소중했던 마음에서 점점 마이너스가 될 뿐
처음의 마음으로 돌아갈 수 없어요.

그러니까 누군가에게 쉽게 상처 주지 마세요.
쉽게 믿음을 깨트리지도 마시고요.

아무리 잘해 보려고 노력을 해 봐도
다시 100퍼센트의 마음으로 돌아가긴 힘드니까요.

사 랑 해 선
안 되 는 사 람

하나. 지난 사랑을 잊지 못하는 사람

둘. 연락을 귀찮아하는 사람

셋. 믿음을 주지 않는 사람

넷. 모두에게 친절한 사람

다섯. 습관처럼 욕을 하는 사람

여섯. 자기 할 말만 하는 사람

일곱. 거짓말이 일상인 사람

여덟. 다른 사람과 나를 비교하는 사람

아홉. 사랑인지 아닌지 헷갈리게 하는 사람

마지막. 지금 이 글을 읽고 떠오르는 사람

사랑해야 할 사람

하나. 현재의 사랑에 충실한 사람

둘. 연락을 잘해 주는 사람

셋. 믿음을 주는 사람

넷. 모두에게 친절하지만 나에게 유난히 더 친절한 사람

다섯. 말을 예쁘게 하는 사람

여섯. 다른 사람의 말도 잘 들어주는 사람

일곱. 진실된 사람

여덟. 있는 그대로의 나를 사랑해 주는 사람

아홉. 사랑에 확신을 주는 사람

마지막. 지금 이 글을 읽고 떠오르는 사람

호감과 사랑을
착각하지 말 것

호감과 사랑은 달라요.

호감이라는 건 교회 오빠나 옆집에 사는 누나,
혹은 지나가는 강아지에게서도 느낄 수 있는 감정이고,

사랑이라는 건 그 사람이 아니면 느낄 수 없는 감정이에요.

그러니까 우리는 호감이라는 단어와
사랑이라는 단어를 혼돈하지 말아야 해요.

호감이 간다는 말은
누구에게나 느낄 수도 있는 좋은 감정을
당신에게도 느낀다는 것이지
당신을 사랑하고 있다는 말이 아니에요.

섣부른 착각으로 마음을 혼란스럽게 하지 말아요.

마음을 쉽게 주면
그만큼 더 쉽게 상처받게 되기 마련이에요.

헛소문에 대한
대처법

주변 사람들의 뒷담화를 많이 하거나,
안 좋은 소문을 퍼트리고 다니는 사람들을 보면
왠지 친해지기가 꺼려지지 않나요?
언젠가 내 이야기도 그렇게 함부로 하고 다닐 것 같고
나에 대한 헛소문을 퍼트리고 다닐 것도 같아서.

아마, 모두가 그렇게 생각할 거예요.
그러니까 누군가 나에 대해 뒷담화를 하거나
안 좋은 소문을 퍼트리고 다닌다면
기분은 좀 나쁘겠지만,
그 소문에 대해 일일이 해명을 할 필요는 없어요.

다른 사람들은, 나를 이상하게 생각하기보다
나에 대한 헛소문을 퍼트리고 다니는
그 사람을 더 이상하게 생각하고

그 사람과 친해지길 꺼려 할 테니까요.

그리고 내가 굳이 해명을 하지 않아도
근거 없는 헛소문에 대한 진상은
결국 다 밝혀지게 되어 있으니까요.

나를 싫어하는 사람에 대한
대처법

싫어하는 것이 늘어나면
인생은 점점 불행해지기 마련이에요.

그러니까,
나를 이유 없이 싫어하는 사람이 있더라도
너무 속상해 하지 마세요.

나를 싫어하면
그 사람의 인생이 불행해지는 것이지,
내 인생이 불행해지는 게 아니니까.

잊는다는 것

사랑하는 사람과 헤어졌을 때
우리는 그 사람을 빨리 잊고 싶어 해요.

계속 기억하고 있기엔 마음이 너무 아프기 때문이죠.

하지만 잊겠다는 생각이 그 사람을 더 생각나게 할 뿐
우리는 누군가를 그렇게 쉽게 잊어버리지 못해요.

그 사람을 정말 잊고 싶다면
그 사람을 잊을 거라는 욕심부터 버려야 해요.

애써 잊으려고 하지 마세요.
생각이 나면 생각을 해도 돼요.

그렇게 계속 생각하다 보면

어느 순간 괜찮은 날이 올 거니까.

잊는다는 건 그런 거예요.
기억을 잃어버리는 게 아니라
그 사람이 생각나도 아무렇지 않게 웃을 수 있는 것.

우리는 그 순간이 올 때까지
천천히 기다릴 줄 알아야 해요.

포기하지
말 것

어릴 적, 엄마와 함께 등산을 한 적이 있어요.

산을 오르다 너무 힘이 들어
중간에 포기하고 싶을 때가 있었는데
그때마다 조금만 더 가면 정상이라는
엄마의 말에 속아 포기하지 않았고
결국에는 산 정상에 올라 아름다운 절경을 볼 수 있었어요.

그러니까, 지금 힘든 길을 가고 있는 당신도
포기하지 않고 조금만 더 힘을 내 주었으면 좋겠어요.

지금 이 순간이 잠시 힘든 것일 뿐
아름다운 꽃길이 당신을 기다리고 있을 테니까.

내 건강을
챙길 것

열이 나고 머리가 계속 아파서
집에 있는 타이레놀을 한 알 먹었어요.

한 며칠 그렇게 버티다가 증상이 점점 더 심해져
병원에 갔더니 A형 독감이라고 했어요.

그런 줄도 모르고 타이레놀만 먹고 버텼으니
병을 더 키웠던 거죠.

선생님께서 왜 이렇게 늦게 왔냐고 꾸짖으셨어요.
독감 약은 48시간 이내에 먹어야 효과가 좋은데
나는 이미 48시간을 넘겨 버려서
약효가 좀 떨어질지도 모른다는 거예요.

단순 두통인 줄 알았다고 변명을 하자

선생님은 한숨을 푹 내쉬면서

한국인의 가장 큰 병은 아플 때 자가 진단을 내리는 거라며

앞으로는 몸이 아프면 스스로 진단을 내리지 말고

꼭 병원부터 먼저 오라고 당부하셨어요.

이후, 독감으로 3주를 고생하고 깨달았어요.

아플 땐 제때 치료를 받아야 한다는 거.

그러니, 몸이 아플 땐 조금 아프다고 참지 말고

바로 병원으로 가 보세요.

지금 하고 있는 공부보다

지금 하고 있는 회사 업무보다

더 중요한 건, 당신의 건강이니까요.

여 자 들 이
원 하 는 것

한 남자와 5년째 연애 중인 친구에게
남자친구의 어떤 점이 좋냐고 물었더니
만날 때마다 손을 꼭 잡아주는 게 좋다고 했어요.

그럼 남자친구의 어떤 점이 싫냐고 물었더니
간혹 손 잡아 주는 걸 잊어버릴 때라고 하더군요.

여자들이 원하는 건 그리 특별한 게 아니에요.
따뜻하게 손 잡아 주는 것.
힘들 때 꼭 안아 주는 것.
눈이 마주치면 웃어 주는 것.
자기 전에 잘 자라고 말해 주는 것.

사소한 걸 그냥 지나치지 마세요.
사소한 게 가장 중요해요.

스스로
선택할 것

라면을 끓일 때

면을 먼저 넣을지, 스프를 먼저 넣을지 고민할 순 있어도

무엇을 먼저 넣을지 옆 사람에게 물어보는 사람은 없어요.

면을 먼저 넣고 싶은 사람은 면을,

스프를 먼저 넣고 싶은 사람은 스프를,

자기가 선택한 방식대로 라면을 끓여서

맛있게 먹으면 되는 거예요.

진로에 대한 고민을 하고 있는 사람들에게

이 말을 꼭 해주고 싶어요.

무엇을 해야 할지 고민은 얼마든지 하되

내 인생을 주변 사람들의 선택에 맡기지는 마세요.

내가 무엇을 하고 싶은지, 무엇을 잘하는지는
다른 사람이 아닌 나 자신이 제일 잘 알고 있어요.

내 인생은 내가 사는 것이니
선택은 언제나 스스로 해야 해요.

그래야 나중에 후회가 없어요.

나 자신을
사랑할 것

살아가면서 꼭 필요한 것이지만
많은 사람들이 당연하게 생각하고
잊고 지내는 건
바로 '나 자신을 사랑해야 한다'는
사실인 것 같아요.

힘들 때나 지칠 때
슬플 때나 아플 때
삶에 큰 시련이 닥쳐왔을 때
그 어떤 순간이 와도
우리는 나 자신을 잊지 말아야 해요.

나 자신을 사랑하세요.

내가 외롭지 않도록.

힘들어도 주저앉지 않도록.

넘어져도 다시 일어날 수 있도록.

살아가는 동안 지치지 않도록.

어느 날의 내가 후회하지 않도록.

내 마음을
챙길 것

친구나 애인, 또는 누군가에게 상처를 받았을 때

그 사람과의 관계 때문에 무작정 상처를 덮어두는 것은

좋은 방법이 아니에요.

이러다 말겠지, 곧 괜찮아지겠지, 하고

외면하는 순간부터 우리 마음은 점점 병들기 시작해요.

지금 당장은 괜찮아 보일지 몰라도

덮어두고 외면한 마음들은 언젠가는 곪아 터지게 되어 있어요.

그때 가서 나 아팠다고, 힘들었다고 말해 봐야 소용없어요.

누구도 당신의 상처를 돌아봐 주지 않아요.

그러니, 아플 땐 아프다고 말을 해야 해요.

울고 싶을 땐 소리 내서 울어야 해요.

다른 사람들이 더 이상 나에게 상처 주지 못하도록.

내가 내 마음을 지켜야 해요.

한계라고
생각하지 말 것

우리는 인생을 살아가며 수많은 장애물에 부딪치곤 해요.
이 장애물 앞에서 사람들은 대개 두 부류로 나누어지곤 하죠.

"이게 내 한계야"라며 포기해 버리는 사람들과
"이것도 할 수 있다"는 생각으로 장애물을 뛰어넘는 사람들.

당신은 어느 쪽인가요?

혹시 지금 이 순간 한계에 부딪쳐 포기를 결심하고 있는
사람이 있다면 그런 당신에게 해 주고 싶은 말이 있어요.

지금 이 순간이 한계라고 생각하는 핑계가
지금 이 순간을 뛰어 넘지 못하게 하는 한계가 되는 것일 뿐,
당신은 더 잘할 수 있어요.
그러니까 포기하지 말아요.

인생에서
가장 중요한 것

인생에서 가장 중요한 건 무엇일까
공책에 써 본 적이 있어요.

가족. 친구. 사랑하는 사람.
사랑. 우정. 믿음.
기억. 추억. 건강.
꿈. 열정. 노력. 의지.

쭉 써 내려오다가 그에 대한 답을 알게 됐어요.

인생에서 가장 중요한 건
인생에서 중요하게 생각하는 것들을
잃지 않으려는 노력이라는 것을.

Part 6.

지금 그대로
충분한
당신에게 :

일상

꾸준히 할 수 있는
취미 찾기

어느 날 갑자기 삶이 따분하고 무료하게 느껴졌어요.
왜 그런지 내 마음을 들여다보니 늘 똑같은 패턴으로 반복되는
삶이 지루하고 우울하고 재미가 없었던 거죠.

그럴 때는 여행을 가야 한다는 친구의 조언을 듣고 홀로 여행을
떠나 보기도 했지만, 여행에서 활력을 되찾은 것도 잠시일 뿐
일상으로 돌아오면 또다시 나는 삶에 의욕이 없고 무기력한
본래의 모습으로 돌아오곤 했어요.

30년을 가까이 살아오면서 이런 적은 처음이었기 때문에
스스로도 걱정이 되어 독서모임을 함께하고 있는 단체 카톡방
친구들에게 내 고민을 말해 보기로 했어요.

Q. 삶이 왜 이렇게 따분하고 무료하게 느껴지는 걸까요?

평소 활발하고 털털한 성격이었던 내가 이런 진지한 질문을
하는 게 적응이 안 됐던 건지 대부분이 장난식으로 답을
했었고, 서너 명 정도가 진지하게 답을 해 줬는데, 그중에서도
한 사람의 답변이 눈에 띄었어요.

A. 좋아하는 일을 하지 못해서요.

그럴지도 모른다는 생각이 들었어요. 나는 그동안 나를 너무
억눌러 왔고, 여태 참아 왔던 그 모든 것들이 한 순간에 터져 버린
게 아닐까? 그래서 이렇게 모든 게 다 귀찮아지고 무기력해져
버린 게 아닐까?

그날부터 나는 매일 한 가지씩 내가 좋아하는 일을 해 보기로
했어요. 인형 뽑기, 영화 보기, 편지 쓰기 등등.

하지만, 어쩐 일인지 그런 생활이 즐겁지가 않았어요. 어떤 날은
힘들게 일을 하고 돌아와 인형을 뽑으러 가야 했고, 또 어떤 날은
영화를 보러 가야 했고, 또 어떤 날은 편지를 써야 했으니까요.
좋아하는 일을 하고 싶어서 시작했던 일들이 결국엔 나를 더
힘들게 하고 있었던 거죠.

그래서 나는 내가 좋아하는 일인 동시에 내가 지치지 않고
꾸준히 할 수 있는 일을 다시 찾아보기로 했어요.

내가 좋아하는 일 + 꾸준히 할 수 있는 일 = 취미
그렇게 해서 찾게 된 나의 취미가 '글쓰기'였어요.

어떤 날은 나에 대해, 어떤 날은 나를 힘들게 하는
직장상사에 대해, 어떤 날은 헤어진 남자친구에 대해,
어떤 날은 친구에 대해.

나는 일상에서 내가 느낀 생각들을 글로 옮겨 적었고 그걸

인스타그램에 매일 올렸어요. 매일 똑같았던 내 일상이 조금씩 변하기 시작한 건 아마 그때부터일 거예요.

'오늘은 또 어떤 글을 써서 올릴까?'라는 생각이 내 하루를 들뜨게 했고, 따분하고 무료하기만 했던 내 삶도 점점 생기를 되찾아 가고 있었어요.

지루하고 우울한 삶에 취미 한 가지를 추가했을 뿐인데 말이죠. 피할 수 없다면 즐기라는 말을 다들 알 거예요.

어쩔 수 없이 매일 반복되어야 하는 일상이라면, 그 속에서 꾸준히 즐기면서 할 수 있는 취미를 하나씩 찾아보는 건 어떨까요?

나 자신에게
좋은 사람 되기

한때 나는 좋은 사람이 되고 싶었어요. 하지만 좋은 사람으로
살아간다는 건 무척 힘들고 피곤한 일이었어요.

내가 알고 있는 좋은 사람이란 늘 웃어야 하고, 어떤 상황에서도
화를 내지 않고, 남들보다 더 많은 일을 하면서도 싫은 내색을
하지 않는 그런 사람이었기 때문이지요.

그래서 나는 좋은 사람이 되는 걸 포기했어요.

하지만 좋은 사람이 되려고 노력했던 때보다 좋은 사람이 되는
걸 포기한 이후 '좋은 사람'이라는 말을 더 많이 듣게 됐어요.
모두에게 좋은 사람이 되는 걸 포기한 대신 나는 나 자신에게
좋은 사람이 되기 위해 노력했거든요.
내 마음에 조금 더 귀를 기울이고 내가 하고 싶은 일,
내가 좋아하는 일을 더 잘하기 위해 노력했던 것.

나는 내 마음이 원하고 바라는 일만 했기 때문에 남들보다 더
많은 일을 해야 할 필요도 없었고, 일을 하면서 싫은 내색을
해야 할 이유 또한 없었어요. 그래서 내 표정은 늘 밝았고 나는
언제나 즐거웠어요.

굳이 내가 하지 않아도 되는 일까지 억지로 하면서 이것도
저것도 제대로 하지 못하고 발만 동동 굴렸던 전과 달리,
내가 해야 할 일에 대해서 만큼은 확실하게 책임을 지고 일을
끝까지 마무리 지었던 것.

그것만으로 충분했어요. 내가 굳이 좋은 사람인 척하지 않아도
사람들은 이미 나를 언제나 밝고 유쾌한 '좋은 사람'
어떤 상황에서도 화를 내거나 싫은 내색을 하지 않는
'좋은 사람'으로 생각하고 있었어요.

나는 그냥 내가 꼭 해야 하는 일을 열심히 했을 뿐인데
말이에요.

억지로 웃지 않아도 돼요. 모두에게 친절하지 않아도 돼요.
굳이 그렇게 피곤하게 살아갈 필요는 없어요.

모두에게 좋은 사람이 아닌 당신 자신에게 먼저 좋은 사람이
되는 게 더 중요해요. 당신 자신에게 좋은 사람이 되려고 하다
보면 남들에게도 자연스레 좋은 사람이 되어 있을 테니까요.

친한 친구 중에, 음료 위에 휘핑크림을 올려 먹는 걸 좋아하는
친구가 있었어요. 다이어트를 해야 한다는 말을 입버릇처럼
하면서도, 커피를 마실 때마다 항상 휘핑크림을 잔뜩 올려 먹곤
했었죠.

한 번은 그 친구에게 다이어트 한다면서 휘핑크림을 그렇게 많이
먹어도 되냐고 물었던 적이 있었어요.

도무지 이해할 수 없다는 듯한 내 표정을 도리어 이해할 수
없다는 듯 바라보던 친구는, 초코 프라푸치노 위에 잔뜩
올려 진 휘핑크림을 세상에서 가장 행복한 표정으로 한입 베어
먹으며 대답했어요.

한 번씩은 이런 것도 먹어줘야지, 사람이 어떻게 매일
운동만하냐고. 너무나도 명쾌한 답이었죠.

무엇이든 열심히 하는 것은 좋지만 자기 자신을 너무
혹사시키지는 마세요. 스트레스를 받을 땐 한 번쯤 쉬어가는
시간이 필요해요.

앞만 보고 달리는 사람은 금방 지치기 마련이에요.
조급하게 생각하지 말고 힘들고 지칠 땐 잠시 쉬었다 갈 수 있는
여유가 우리에게는 필요해요.

잠시 쉬는 게 뒤처지는 게 아닌, 후에 더 열심히 일할 수 있는
원동력이 될 수도 있어요.

주저앉고 싶을 땐 잠시 주저앉았다 다시 일어나요.
조금 늦더라도 괜찮아요.

빠르게 가는 것 보단 멈추지 않는 게 더 중요한 거니까.

나 와
친 해 지 기

"나는 꿈이 없어."
"내가 뭘 하고 싶은지 모르겠어."
누구나 한 번쯤 해 본 고민일 거예요.

그럴 땐, 자기 자신과 먼저 친해지려는 노력을 해 봐요.
자기 자신과 친해져야 자기가 무엇을 하고 싶은지,
무엇을 잘하는지 알 수 있어요.
그렇다면 자기 자신과 친해지려면 어떻게 해야 할까요?

자기 자신과 대화를 많이 해 보세요.

우리는 누군가를 좋아할 때,
그 사람과 대화를 많이 나누고 싶어 하죠.
대화를 하다 보면 그 사람이 무엇을 좋아하고,
무엇을 싫어하는지, 그 사람의 취미가 무엇인지,

무엇을 할 때 가장 좋아하는지, 그런 것들을 알 수 있으니까.

나 자신과 친해지기 위한 방법 또한 마찬가지예요.
내가 무엇을 좋아하는지 무엇을 잘할 수 있는지,
무엇을 할 때 가장 즐거운지, 스스로에게 자주 질문하고
생각하고, 대답을 하는 습관을 길러 봐요.

그래야 그동안 모르고 있었던 나 자신에 대해서도
더 잘 알 수 있게 되고 내가 진정으로 하고 싶은 일이
무엇인지 알 수 있게 돼요.

막연한 미래가 불안하다면,
더 많이 질문하고 더 많이 생각해 봐요.
그리고 나 자신과 더 많이 친해지세요.

나를 위해. 내 삶을 위해.

모르는 것을
부끄러워하지 않기

대학교 4학년 때, SNS를 통해 알게 된 외국인 친구와
카톡을 주고받다가 모르는 단어가 나와서
옆에 있던 후배에게 물어 본 적이 있어요.
그때 그 모습을 지켜보고 있던 친구가,
후배한테 영어 물어보는 거 자존심 상하지도 않냐고
나를 비웃었던 적이 있었어요.

나를 무시하는 듯한 친구의 말투에 기분이 좀 언짢긴 했지만
후배에게 영어를 물어본 것에 대해서
나는 전혀 자존심 상하지 않았어요.
모르는 걸 물어본 것뿐인데 대체 내가 왜 자존심이
상해야 하는 건지 도리어 의아할 따름이었지요.

모르는 걸 모른다고 말하는 게
자존심이 상해야 할 일일까요?

그러면, 모르면서 아는 척 하는 건
자존심을 지키는 일일까요?

모르는 걸 부끄러운 거라고 착각하는 사람들 때문에
내가 자존심 상해야 할 필요는 없어요.
사람은 누구나 모르는 게 있을 수 있어요.
뭐든 다 잘 아는 완벽한 사람이라면 더 좋겠지만,
사람이 어떻게 전부 완벽할 수 있겠어요.

모르는 건 부끄러운 일이 아니에요.
그럴 수도 있어요, 모를 수 있어요.

우리가 진짜 자존심 상해야 할 것은
모르는 걸 모른다고 말할 때의 모습이 아니라
모른다는 사실을 알면서도 알려는 노력조차 하지 않는
우리 모습을 발견했을 때가 아닐까요?

떠난 사람은
놓아주기

커피 동호회에서 알게 된 지인 중 한 명은 사람들과 대화를
하면서도 은연중에 헤어진 남자친구에 대해
종종 이야기를 하곤 했어요.

"그 사람도 커피를 참 좋아했는데."
"그 사람은 주말 아침의 조용한 카페를 좋아했어."
"그 사람과 나는 카페 창가에 앉아 지나가는 사람들을 종종
구경하곤 했어."

커피 동호회에 가입한 것도 헤어진 남자친구가
커피 동호회와 비슷한 다른 동호회에서 활동하고 있기
때문이라고 했어요.

이별은 누구에게나 힘든 일이죠.

하지만, 힘들다고 해서 자꾸 그 자리에 머물러 있으려고
해서는 안 돼요. 조금 아프더라도 이별을 인정하고 현실의
상황으로부터 도망치지 말아야 해요.

그 사람이 아무리 좋아도 내가 없으면 아무런 소용이 없어요.
내 삶은, 그 사람이 아니라 온전히 나를 위해 살아가야 해요.

박광수의 《참 서툰 사람들》이라는 책에는 이런 글이 있어요.
'세상의 그 어떤 꽃도 흔들림 없이 피는 꽃은 없다.
지금 흔들리는 것, 다 괜찮다.'

수천 번을 흔들리고도 꽃이 피어나는 것처럼 힘들더라도
주저앉지 말고 우리는 우리의 마음을 잘 돌보아 주어야 해요.
그래야 우리 마음에도 새로운 꽃을 피울 수가 있어요.

이별의 순간은 누군가와의 끝인 동시에 새로운 누군가를
받아들이기 위한 과정일 뿐이라는 걸 잊어서는 안 돼요.

상처 주는 말
하지 말기

"이런 말까진 정말 안 하려고 했는데…."
"내가 진짜 너 생각해서 해주는 말인데…."

이런 식으로 시작하는 대화나 말을 많이 들어 봤을 거예요.
생각해 주는 척하면서 상처를 주는 그런 말을 나는 별로
좋아하지 않아요.

우리가 저 말을 해야 할 때를 생각해 보세요.
"이런 말 안 하려고 했는데…."
이 말 뒤에 오는 대부분의 말들이 부정적이라는 걸
우리는 알고 있어요.

하지 않으려고 한 말은 안 하는 게 좋아요.
감정이 섞인 말은 언제나 남에게 상처를 주기 마련이니까요.

이런 말은 안 하려고 했다면 그런 말은 하지 말아요.
이런 말까진 안 하고 싶었다면 그런 말은 속으로만 생각하세요.

굳이, 안 해도 될 말을 해서 다른 사람에게 상처 줄 필요는
없어요.

* 이런 말까진 정말 안 하려고 했는데
= 이런 말을 예전부터 꼭 해주고 싶었는데

* 내가 진짜 너 생각해서 해주는 말인데
= 너무 거슬려서 너한테 꼭 해주고 싶은 말이었는데

좀 솔직해져 봐요.
혹시, 이런 뜻은 아니었나요?

겪어보지 않은 일을
함부로 말하지 않기

휴학을 하고 친구와 함께 영화관 아르바이트를 할 때였어요.
나는 사람들에게 영화 티켓을 발권해 주는 매표 담당이었고,
친구는 영화가 시작되기 전 상영관 앞에서 티켓을
확인해 주는 검표 담당이었죠.

매표 담당은 티켓 발권 시 할인되는 카드나 쿠폰 등을 다 외워야
했는데, 그게 카드나 쿠폰에 따라 할인율이 다 다르고 할인 적용
방식도 다 달라, 실수가 잦았고 접수되는 고객들의 불만사항도
많았어요. 그래서 나는 늘 검표 담당인 친구를 부러워하며 내가
하는 일은 너무 어렵다고만 생각해 불만이 많았어요.

그러던 어느 날 친구가 갑자기 몸이 아파 일을 못하게 돼서
친구 대신 검표 담당으로 대타를 뛴 적이 있었어요.
늘 검표를 하고 싶었기에 나는 한층 더 들뜬 마음으로
일을 시작했어요.

하지만 검표 일은 검표 일만의 또 다른 힘듦이 있었어요.
한 상영관 안에서 영화가 끝나고 시작하기까지는
20분 정도가 비게 되는데, 그동안 상영관 내부를 청소하고,
화장실을 확인하고, 사람들이 버리고 간 쓰레기를 모두
분리수거하고, 100여 명이 넘는 사람들의 티켓을 일일이
확인해 주며 상영관까지 안내해야 했어요.
그 모든 일들을 해야 하는 게 검표 담당이었던 거죠.

새삼 그동안 힘든 내색을 전혀 하지 않고 밝고 씩씩하게
검표 일을 했던 친구가 대단하다고 생각되었어요.
그리고 매표 일에 비해 검표 일이 쉬울 거라
함부로 단정했던 내 자신이 한 없이 부끄러웠어요.

직접 겪어보지도 않았으면서,
친구의 일이 내가 하는 일보다 더 쉬울 거라 함부로
판단했던 사실이 얼마나 경솔한 생각이었는지.

우리는 누구나 자기 자신이 제일 힘들다고 생각하기 쉬워요.

남의 손에 박힌 가시보다 내 손에 있는 작은 거스러미가
더 아프다는 말은 경험해 보지 못한 무례함에서 나오는
걸지도 몰라요.

겪어봐야 알아요. 그래야 알 수 있어요.
그 사람이 얼마나 힘든지, 얼마나 아픈지.

오늘을
살아가기

한 취업 포털 사이트에서는 새해를 맞아 대학생과 직장인,
취준생 등 성인남녀를 대상으로 설문조사를 실시했어요.

1위 다이어트
2위 운동
3위 자기계발
4위 외국어 공부
5위 몇 권 이상 책 읽기

이 설문조사의 질문은 무엇이었을까요?
바로, '번번이 실패하면서도 다시 시작하는 단골 새해
계획'이었어요.

우리는 항상 새해에 무언가를 다짐하고, 계획을 세워요.
그리고 그 다짐들과 계획은 항상 지켜지질 못한 채

이듬해의 다짐과 계획으로 이월되곤 해요.

새해에 하는 다짐이나 계획들은 왜 지켜지지 못하는 걸까요?
의지가 부족해서? 주변 상황이 받쳐주지 않아서?
그런 건 하나의 핑계거리가 아닐까요?

우리가 세운 계획이 실패하는 가장 큰 이유는
우리에겐 '내일'이 있기 때문이에요.

내일이 있다는 걸 알기 때문에 오늘의 실패가 두렵지 않은 거죠.
오늘 나의 다짐이나 계획이 조금 흐트러졌다고 해도, 내일 다시
마음을 다잡으면 되니까. 우리는 오늘을 보고 사는 게 아니라,
내일을 보며 살아가니까.

하지만, 우리에겐 오늘을 온전히 오늘로써 지켜야 할
의무가 있어요. 내일이 있다는 이유로 지금 이 순간을 헛되이
쓰기엔 지금 이 순간이 너무 소중하지 않나요?

'새해에는'이 아니라 '지금은'으로 생각해 봐요.
'내일부터'가 아니라 '오늘부터'가 되어야 해요.

누구나 내일을 꿈꾸며 살지만,
우리 중 누구도 100퍼센트의 내일을 확신할 수 없는 게
우리의 인생이에요.

내일 내게 어떤 변화가 생길지,
또 어떤 일이 벌어질지는 그 누구도 알 수 없어요.
그렇기에 우리는 오늘을 더 열심히, 후회 없이 살아야 해요.

다른 누구도 아닌, 우리 자신의 소중한 인생이니까.

타인에게
선의를 베풀기

우리 엄마는 곤경에 처한 사람을 보면
그냥 지나치지 못하는 편이에요.

무거운 짐을 들고 계단을 오르는 사람이 있으면 달려가서
그 짐을 나눠 들어줘야 하고, 식당에서 화장실을 찾는 듯
두리번거리는 사람이 있으면 화장실은 저쪽으로 가면 있다고
알려 줘야만 직성이 풀리는 그런 사람이죠.

'누군가 도움을 청하지도 않았는데
굳이 나서서 저렇게까지 할 필요가 있을까?'
선의로 한 행동이 혹시 엄마에게 해가 되어 돌아올까
나는 늘 엄마의 그런 성격이 걱정이었어요.

하지만 엄마는 나와 생각이 다른 것 같았어요.
오지랖 좀 그만 부리라고 잔소리하는 나에게,

산다는 건 누군가에게 도움을 주기도, 도움을 받기도 하는
일이라고, 그동안 도움을 많이 받았으니, 이제는 좀 베풀고
살아야 하지 않겠냐고, 마치 당연한 일을 하는 것처럼
말씀하셨어요.

그 말을 듣고 어쩐지 나는 스스로가 좀 부끄러워졌어요.
그동안 엄마가 당연하게만 생각하고 베풀었던 모든 선의들을
나는 단순 오지랖, 또는 괜한 참견일 뿐이라고 생각했거든요.

곰곰이 돌이켜 보면,
그동안 나도 누군가의 도움을 받았던 적이 많았는데.

얼마 전 횡단보도에서 스타킹 올이 나갔다는 걸
알려 주던 여학생,
잃어버린 지갑을 찾아주던 카페 아르바이트생,
길에서 넘어진 나를 일으켜 세워 주던 군인 아저씨.

그들 모두가 내가 도움을 청하지 않았음에도 기꺼이 나의
인생에 참견하여 나를 도와주었고, 나는 그 덕분에 중요한
면접날 올이 나간 스타킹을 신고 나가 면접을 망칠 뻔한 일을
막을 수 있었고, 잃어버린 지갑을 찾을 수 있었고, 넘어져서도
군인 아저씨의 도움을 받아 무사히 몸을 일으킬 수 있었죠.

세상이 각박해져 요새는 선의를 베풀 때도 화를 당할까 봐
겁이 난다는 말을 주변에서 많이 듣곤 해요.
하지만, 어쩌면 그건 세상이 각박해지길 바라지 않는
사람들의 푸념 같은 게 아닐까요?

각박한 세상에서도 우리는 꽤 자주 친절한 사람들을 만나곤
해요. 아무리 세상이 많이 변했다지만 그 속에서도 선의를
베푸는 사람들은 분명 있어요.

추운 겨울 길에 쓰러진 할아버지에게 패딩을 벗어준 중학생들의
이야기, 출근길 버스 안에서 의식을 잃은 여학생을 한 마음으로

구한 버스 기사와 승객들의 이야기, 이 모든 것들이 그것을
증명하고 있어요.

아직 세상은 살만한 세상이라고.
세상은 선의로 가득하다고.

여 유 있 는
삶 을 살 기

"한국인을 괴롭히는 방법을 아니? 엘리베이터에서 닫힘 버튼을
누르지 못하게 하거나 컵라면에 물을 붓고 3분 안에 못 열어
보게 하면 된데."

이건 '외국인 한국어 말하기 대회'에서 한 중국인이 한국의
'빨리빨리' 문화를 풍자하면서 한 말이라고 해요. 물론,
재미를 더하고자 한 말이겠지만 이 기사가 실린 뉴스를 읽으며
나는 어쩐지 조금 부끄러운 기분이 들었어요.

어렸을 때부터 나는 무엇이든 남들보다 '빨리'하고 싶었어요.
빨리 공부를 해서, 빨리 취업을 하고, 빨리 돈을 벌고, 빨리
성공하고 싶었어요. 그리고 그런 생각은 방송작가가 꿈이었던
대학시절 절정에 다다랐어요.
남들보다 뒤쳐지기 싫었고 누구보다 빨리 내 꿈을 이루고
싶었죠.

그래서 학기 중에도 방송 아카데미와 작가 교육원 등에 다니며
방송 공부를 했고, 4학년 때는 남들보다 일찍 방송국에서
일을 시작했어요. 학교에서 공부를 하는 것보다 학원이나
방송국에서 방송 일을 익히는 게 남들보다 더 빠르게 내 꿈을
이룰 수 있는 길이라고 생각했기 때문이에요.

캠퍼스의 낭만 같은 건 즐길 시간이 없었고, 일을 한다는
핑계로 학점도 엉망이었어요. 과 활동에도 거의 참여하지
않았고, 흔한 동아리조차 가입하질 않았어요.

그리고 얼마 후 내가 맡은 프로그램이 종방을 하고 뒤를
돌아봤을 때 내게 남은 건 학점이 엉망인 성적표와 책상 구석에
방치된 졸업장뿐이었어요.

나는 뭐가 그렇게 급했던 걸까요.
뭐가 그렇게 조급해서, 뭐가 그렇게 초조해서.

돌이켜 보면, 그 시절의 나에게는 마음의 여유가 필요했던
걸지도 모르겠어요. 조금 늦어도 된다고, 조급해하지 않아도
된다고, 초조해하지 않아도 된다고. 다독거려 줄 누군가가
필요했던 건지도 모르겠어요.

그래서 나는 지금이라도 스스로를 다독이며, 조금씩 바뀌어
보려고 해요.

가끔씩 여행도 가고, 취미를 살려 동호회도 들어 보고,
영화와 연극도 자주 보러 다니고, 힘들 땐 친구를 만나
좋은 곳에도 가고, 스트레스 받을 땐 다 던져 버리고 맛있는
음식을 먹으러 다니기도 하고, 때때로 나를 되돌아보는 시간을
가져 보기도 하고. 마음의 여유를 가지고 현재의 삶을 더 충실히
살아가기 위해 지금이라도 조금씩 노력을 해 보려고 해요.

삶을 살아가는 데 필요한 건,
속도가 아니라 지금 이 순간을 즐길 줄 아는 여유예요.

남들보다 빨리 살아가는 게 중요한 게 아니라, 지금 이 순간을 즐겁게 살아가는 게 더 중요하다는 걸 이제는 알아요.

인터넷을 할 때 웹사이트가 5초 안에 뜨지 않으면 답답함을 참지 못하는 당신, 편의점에서 결제를 하고 영수증이 나오는 시간조차 기다리질 못하는 당신, 엘리베이터에 타자마자 닫힘 버튼을 눌러야 직성이 풀리는 당신, 아침 출근 시 우유 한 잔 마실 겨를도 없이 신발을 신고 뛰어 나가야 하는 당신.

군이, 그렇게 빨리 살아가지 않아도 돼요.
조급해하지 않아도 돼요. 초조해하지 않아도 돼요.

그냥 지나쳐 버리기에 너무도 아름다운 풍경들이 우리 주변에는 많아요. 우리는, 우리의 인생에서 볼 수 있는 수많은 아름다운 풍경들을 놓치지 않는 사람이 되었으면 좋겠어요. 당신이 조금 더 여유 있는 삶을 살아가길 바라요. 진심으로.

잘 하 는 걸
더 열 심 히 하 기

중학교 시절 나는 학업 성적은 좋은 편에 속했지만
운동을 너무 너무 너무 못했어요. 진짜 못했어요.

어느 정도로 못했냐면,
한 번은 100미터를 22초 안에만 들어오면 A를 주겠다는
체육선생님의 파격 제안에도 불구하고 24초로 골인하여,
같은 반 학생들 중 유일하게 A를 받지 못했던 적도 있었어요.

달리기뿐이 아니에요. 체육 시간에 하는 모든 운동에는 재능이 없고
흥미도 없었어요. 하지만 그렇다고 해서 포기할 순 없었어요.
체육 점수로 인해 반 등수가 오르락내리락했기 때문이죠.

그래서 나는 스트레스를 받으면서도
이를 악물고 체육관에 남아
그날 수업시간에 배운 내용을 연습하고 가곤 했어요.

안타깝게도 그런 노력에도 나는 여전히 운동을 못했고,

졸업을 할 때까지 단 한 번도 A를 받지 못한 채

체육 열등생에 머물러야 했지만.

어렸을 때는 그랬던 것 같아요. 못하는 게 있으면 그걸 잘하기

위해 노력했어요. 부족한 건, 연습과 노력으로 채워야 하는

거라고 배워왔으니까요.

하지만 나이가 들고 성인이 되면서

나는 문득 그런 생각이 들었어요.

못하는 걸, 왜 잘하려고 했을까.

못하는 건, 그냥 못하는 것대로 두면 안 되나.

모든 것을 왜 꼭 잘해야만 하는 걸까.

나는 왜 꼭 그렇게 완벽하려고만 하는 걸까.

우리를 짓누르는 것이 배움에 대한 갈망이라거나 이루고자 하는

것에 대한 열정이라면 얼마든지 도전하고 노력해야겠지만, 그게
아닌 이상 스트레스를 받아 가면서까지 억지로 애쓰지는 말아요.

《딸에게 보내는 심리학 편지》라는 책을 보면 모든 것을 다
잘하려고 애쓰지 말라고, 지금 불안하다면 잘 살고 있다는
증거이니 무엇을 하든 재미있게 살기를 바란다고 이야기하고
있어요.

우리는 완벽할 필요가 없을뿐더러,
완벽해지고 싶다 해서 완벽해질 수 있는 것도 아니에요.

완벽해지려는 사람은 금방 지치기 마련이에요.
때로 모든 것을 다 잘하려는 욕심이, 잘하고 있던 다른
것들까지도 놓쳐 버리게 하는 걸림돌이 되곤 해요.

그러니, 모든 것을 다 잘할 필요는 없어요.
못하는 일을 애써 잘하려고 하지 않아도 돼요.

세상에는 다양한 사람들이 존재하고,

각자 잘하는 일과 못하는 일이 서로 다르기 때문에

서로 부딪치지 않고 살아갈 수 있는 거예요.

우리는 각자의 자리에서

우리가 할 수 있는 만큼만, 하면 돼요.

열심히는 하되 굳이 완벽하지 않아도 괜찮아요.

지금 그대로의 당신으로 이미 충분하니까요.

불필요한
걱정하지 않기

얼마 전, 교통사고로 코 수술을 한 지인은 수술한 뒤에도
주기적으로 병원을 방문해 수술한 부위를 소독해 줘야
한다고 했어요. 그래서 병원을 가야 하는 날마다 반차나 월차를
쓰곤 하는데, 회사가 바쁘고 인력이 모자랄 때면 사장님과
동료 직원들의 눈치가 보인다며 그런 상황이 너무 스트레스라고
했어요.

살다 보면 어쩔 수 없는 일이라는 게 있어요.
의도하진 않았지만 남에게 피해를 주게 될 때가 있고,
생각지도 못했던 일이 일어나 내 앞길을 가로 막을 때도 있어요.
그리고 그런 일들이 일어날 때마다 우리는 왠지 모를 억울함과
찜찜함에 시달리게 되곤 해요.

하지만 그건 우리가 잘못해서 일어난 일이 아니에요.

내가 원하든 원하지 않든

장마철이 되면 바람이 불고 비가 오는 것처럼

우리의 삶에도 나의 바람과 상관없는 일들이 많이 일어나요.

하지만 여기서 우리가 알아야 할 것은,

바람은 그치고 비는 언젠가 멈춘다는 거예요.

많은 사람들이 본인의 힘으로는 어쩔 수 없는 일들 때문에

마음을 졸이고 걱정을 하는데 그렇다고 너무 그 문제에만

매달려 있을 필요는 없다는 걸 알았으면 좋겠어요.

당신의 잘못으로 일어난 일이 아닐뿐더러

그렇게 걱정을 한다고 해서 해결될 일도 아니에요.

심리학자 어니 젤린스키는 저서《모르고 사는 즐거움》에서

우리들이 하는 걱정의 40퍼센트는 절대 현실로 일어나지 않을

일이며 30퍼센트는 이미 일어난 일에 대한 걱정, 22퍼센트는

사소한 고민, 4퍼센트는 우리 힘으로는 어쩔 수 없는 일,

나머지 4퍼센트만이 우리가 바꿔 놓을 수 있는 일이라고
이야기해요. 즉, 우리가 고민하는 걱정의 96퍼센트는 불필요한
걱정이라는 얘기죠.

지금 당신이 하고 있는 걱정이나 고민은 무엇일까요?
우리가 바꿔 놓을 수 있는 4퍼센트의 걱정 중 하나인가요.
아니면, 96퍼센트의 불필요한 걱정인가요?

당신을 괴롭히고 있는 그 문제들이
당신의 고민으로 조금이라도 변할 수 있는 일이라면
얼마든지 고민을 하고 걱정을 하는 게 맞아요.
하지만 그게 아니라면 너무 애쓰지 않았으면 좋겠어요.

이미 일어나 버린 일들, 일어나지 않을 일들에 대한 걱정,
어쩔 수 없는 선택, 그로 인한 결과, 생각만으로 해결되지
않는 문제들, 당신을 힘들게 하는 모든 어쩔 수 없는 것들로부터
너무 애쓰지 않았으면 좋겠어요.

당신 잘못이 아닌 일에, 당신 힘으로 어쩔 수 없는 일에,
때로는 "어쩔 수 없잖아"라고 가볍게 넘겨 버릴 수 있는
마음가짐이 필요해요.

그래야,
당신이 더 편하게 살아갈 수 있어요.

색 안 경
벗 기

버스를 타고 고향집에 내려가는 길,
밖이 이상하게 어둡길래 시골이라 그런가 하고 생각했어요.
아무래도 도시보다는 시골의 거리들이 더 어두우니까.

그런 생각을 하던 찰나 고향집에 도착했는데
버스에서 내려 바라본 하늘은 조금의 어둠도 찾아볼 수 없는
청명한 하늘이었어요.

곰곰이 생각해 보니 시골이라 어두워 보인 게 아니라
버스 창문에 선팅이 진하게 되어 있어
밖이 어둡게 보였던 거죠.

이렇듯 보이진 않지만 우리의 마음속에는
색안경이 하나씩 있어요.

얼마 전, 한 포털 사이트에 현대판 '미녀와 야수'라는 제목으로
한 여자와 남자의 결혼 사진이 올라온 적이 있었어요.

그리고 거기에는 '못생긴 남자가 예쁜 여자랑 결혼한 걸 보면
분명 돈이 많을 것'이라는 추측성 댓글이 어마어마하게 달려
있었어요.

시간이 지날수록 사람들의 반응은 더 뜨거워졌고 남자에 대한
이유 없는 악플과 비난이 댓글 창을 가득 메웠어요.

결국 사진의 진짜 주인공인 신부가 자신의 SNS에 남편은
엄청난 부자는 아니지만 자신을 정말 아끼고 사랑해 주는
사람이라고 글을 올리면서 상황은 일단락되었지만, 그럼에도
사람들의 근거 없는 추측들은 계속 됐어요.

우리는 왜 이런 식의 삐딱한 시선으로
타인에게 상처를 주는 것일까요?

선글라스를 쓴 사람에게
온 세상이 시커멓게 보일 수밖에 없는 것처럼
색안경을 쓴 사람에게는
온 세상이 삐딱하게 보일 수밖에 없어요.

사람과 사람이 만나는데
외양이 전부는 아니에요.
굳이 설명하지 않아도 그 사실을
우리는 누구보다 잘 알고 있을 거예요.

그러니 우리는 타인에 대한 편견과 선입견으로
타인에게 상처를 주기 전에 우리 마음속의 색안경을 한 번이라도
더 들여다봐야 해요.

나의 색안경이 또 다른 누군가에게
상처를 주고 있진 않은지.

저 사람은 뚱뚱해서 게으를 거야.

저 사람은 너무 말라서 힘든 일은 못할 것 같아.

저 사람은 어제도 늦었으니까 오늘도 또 늦겠지?

저 사람은 글을 쓰는 애니까 성격이 예민할 거야.

저 사람은 운동하는 애라서 공부는 잘 못할 것 같아.

저 사람은 여자니까 축구에 대해선 말해 봤자 모르겠지?

저 사람은 남자여서 섬세함이 없는 것 같아.

혹시, 지금 색안경을 끼고 있진 않나요?

아 빠 의
사 랑

우리 아빠는 무뚝뚝하고 말이 없는 전형적인 경상도 남자예요.

몇 해 전, 한 예능 프로그램에서 "오다 주웠다"라는
경상도 남자의 무뚝뚝한 말이 유행어로 번진 적이 있었는데,
우리 아빠는 그보다 더 심한 경상도 남자예요.

내 생일 날, 선물을 사와 놓고도
사왔다는 말을 하지 않아요.
그냥 방문을 열고 선물을 툭 던져 놓을 뿐.

아빠는 그런 사람이었어요.
그렇게 무드 없고 재미없고 말이 없는 그런 사람.

한 집에 있어도 하루에 두세 마디 하는 정도였어요.

아빠 다녀오세요.

그래.

아빠 다녀오셨어요.

그래.

아빠 저녁 드세요.

그래.

하지만, 그렇다고 내가 아빠를 싫어했던 건 아니었어요.

왜냐하면, 그럼에도 불구하고 아빠가 나를 사랑한다는 사실을
나는 알고 있었거든요.

아빠는 생선을 드실 때 머리나 꼬리 부분만 드셨어요.

가족끼리 외출을 할 땐 항상 5분 일찍 나가시곤 했어요.

10년 내내 같은 운동화를 신고 다니셨어요.

내가 아플 때는 늘 뒤돌아 계셨어요.

내게 아무것도 기대하지 않는다고 하셨어요.

그리고 그 이유를 나는 너무도 잘 알고 있었어요.

생선의 맛있는 몸통 부분은 나를 먹이려고.

외출할 땐 먼저 가서 차 안을 따뜻하게 데워 놓으시려고.

10년 내내 같은 운동화를 신고 다닌 이유는

내가 처음 아르바이트를 해서 모은 돈으로 사드린 운동화여서.

아플 때 뒤돌아 계셨던 건 내게 눈물을 보이지 않으시려고.

내게 기대하지 않는다 했던 건 아빠의 기대가 내게 부담이 될까 봐.

아빠는 그런 사람이었어요. 무드 없고 재미없고 말이 없는,
하지만 나를 사랑하는 마음만큼은
누구에게도 뒤지지 않는 그런 사람이었어요.

굳이 사랑한다고 말을 해야
사랑하고 있는 게 아니에요.

세상에서 가장 아름다운 건 눈에 보이거나 만질 수 있는 게
아닌, 가슴으로 느껴지는 거라고 했어요.

아빠의 사랑이 내게는 그랬어요.

가끔은
멍 때리는 삶을 살기

가끔 그럴 때가 있어요. 아무것도 생각하고 싶지 않을 때.
그저 멍하게만 있고 싶을 때.

그리고 그럴 때마다 나는 나 자신을 채찍질하곤 했어요.
이러고 있을 때가 아니라고, 정신 차리고 무엇이든 하라고.

아무것도 하지 않는 불안감은 불확실한 미래에 대한 초조함이
되고 그 초조함은 무언가를 해야만 한다는 압박감이 되었어요.
그래서 나는 쉼표가 필요할 때 더 열심히 일을 했고,
브레이크가 필요한 순간 더욱 무언가를 하기 위해 전진했어요.

하지만 억지로 한다고 해서 안 되는 일을 되게 할 수는 없었어요.
그럴수록 나는 더 깊은 슬럼프에 시달리게 될 뿐이었죠.
그렇다면 아무것도 생각하고 싶지 않을 때 우리는 어떻게 해야
하는 걸까요?

해결책은 간단해요.

아무것도 생각하고 싶지 않을 때는

아무 생각도 하지 않으면 돼요.

미국의 신경과학자 마커스 라이클은 우리가 아무것도 안 하고

있을 때 뇌가 더 활성화되고, 집중력과 창의력이 더 향상된다는

사실을 밝혀냈어요.

멍 때리는 일이 시간 낭비가 아닌 뇌를 더 활발히 움직이게

하기 위해 꼭 필요한 시간이라는 거예요.

그러니, 가끔은 우리도 멍 때리는 시간을 가져도 돼요.

억지로 무언가를 하지 않아도 돼요.

사람이 어떻게 매번 한결 같을 수 있나요.

일이 잘 안 풀릴 땐 한 번씩 하늘도 보고, 바깥 풍경들도 보고.

아무 생각 없이 집 앞 공원도 한 번씩 걸어 봐요.

머리가 너무 복잡할 땐 어떤 생각도 하지 말아요.
쉼표가 필요한 순간이 오면 조금 쉬었다 가요.
브레이크가 필요할 땐 그 자리에 잠시 멈추었다 가요.

슬럼프에 빠진 우리들에게 필요한 건 채찍이 아니라,
재충전의 시간이에요.

프랑스의 철학자 르네 데카르트는 이런 명제를 남겼죠.
'나는 생각한다. 고로 나는 존재한다.'

하지만 그건 틀린 말인지도 몰라요.
나는 멍 때리는 순간에도 여전히 존재하고,
그 자체로 여전히 충분해요.

포기하지
않기

초등학교 5학년 때, 친구가 피아노 콩쿠르에 나가 금상을 받아
온 걸 보고 겉으로는 축하한다고 말하면서 사실 속으로는
기분이 좋지 않았어요.

그 친구와 나는 3학년 때부터 같은 피아노 학원을 다녔는데,
나는 피아노를 잘 쳐서 선생님께 늘 칭찬을 받았던 반면,
그 친구는 배우는 속도가 느려 나보다 진도도 느렸고 선생님의
칭찬도 받지 못했던 그런 친구였어요.

질투심에 휩싸여 축하하는 마음보다 속상한 마음이 더
앞섰지만, 사실 나는 알고 있었어요. 친구가 늘 꾸준히 피아노
연습을 하고 있었다는 걸.

1년이 채 되지 않아 피아노에 대한 흥미를 잃어 학원을
그만두어 버린 나와 달리, 친구는 내가 학원을 그만둔 후에도

꾸준히 학원을 다녔고, 수업이 끝나면 10분씩 남아서 피아노 연습을 더 하고 가곤 했어요.

나중에 친해지고 들은 얘기지만, 집에 일이 생겨 피아노 연습을 못하고 갔던 날에는 다음 날 20분을 더 연습하고 갔다고 해요.

내가 학원을 그만두고 친구들과 인형놀이를 하고 있을 때도, 집에서 만화영화를 보고 있을 때도, 친구는 포기하지 않고 꾸준히 피아노 연습을 했고, 그 결과 콩쿠르에서 금상을 받을 수 있었던 거죠. 지금도 나는 가끔씩 한계에 부딪칠 때마다 그 친구를 떠올리곤 해요.

비록 지금은 남들에 비해 내가 많이 뒤쳐져 있는 것 같지만, 포기하지 않고 꾸준히 하다 보면 언젠가는 나보다 앞선 이들을 따라 잡을 수 있는 날이 올 거라고 다짐하면서.

토끼와 거북이 이야기에서 거북이가 토끼를 이길 수 있었던 것은

거북이가 꾸준히 정상을 향해 걸어갔기 때문이고,
김연아 선수가 피겨스케이팅으로 세계 1위가 될 수 있었던
것도 매일 6시간씩 꾸준히 연습을 했기 때문이에요.

좋아하는 일을 잘 하는 것도 중요하지만 그보다 더 중요한 건
꾸준히 포기하지 않고 하는 거예요.

그러니까 우리도 재능이 없다며 포기하지 말고
매일 조금씩이라도 더 나아지기 위한 노력을 해 봐요.

어쩌면 우리가 이루지 못한 그 모든 것들은,
우리가 너무 서둘러 포기해 버린 탓이 아닐까요?

나와 다른 삶을
존중하기

얼마 전 인터넷을 하다가 공부가 하기 싫다는 수험생의 글에
공부를 하지 않으면 더울 땐 더운 곳에서 일하게 되고, 추울 땐
추운 곳에서 일하게 된다는 글이 엄청난 추천수로 주목을 받은
걸 본 적이 있어요.

우리에게, 특정 직업이 폄하의 대상이 될 수 있을까요?
세상에는 다양한 직업들이 존재하고 그에 따라 일을 하는
환경도 다 다르기 마련이에요.

일하는 환경이 조금 다르다고 해서, 조금 더 불편해 보인다고
해서, 조금 더 힘들어 보인다고 해서, 타인의 직업을 함부로
폄하해서는 안 돼요.

더울 때 더운 곳에서 일하고 추울 때 추운 곳에서 일하는
사람들은 우리가 폄하해야 할 대상이 아니라 감사해야 할

사람이에요. 누군가 그렇게 힘들게 일을 하기 때문에 우리가 좀
더 편하게 세상을 살아갈 수 있는 것 아닐까요?

우리는 일상생활에서 '다르다'와 '틀리다'를 구분해서 써야
한다는 말을 많이 들어 봤을 거예요.

그 사람들은 나와 '다른' 일을 하는 것이지, '틀린' 일을 하는 게
아니에요. 나와 '다른' 삶을 사는 것이지, '틀린' 삶을 사는 게
아니에요.

우리는, 우리와 다른 삶을 사는 이들을 차별과 무시로 대할
게 아니라 존중하는 자세로 대해야 해요.

그래야 우리의 삶도 누군가에게 존중 받을 수 있어요.

추억은
가슴에 남기기

얼마 전 친구와 함께 제주도 여행을 다녀온 나는, 제주도에서
찍어 온 사진들을 확인하던 중 문득 씁쓸한 생각에 휩싸였어요.

그날, 제주도에서 나는 무슨 생각을 했는지.
구름의 모양은 어땠는지. 바다냄새는 어땠는지. 바람은 어땠는지.
햇살은 어땠는지. 기분은 어땠는지.

1000여 장이 넘는 사진들을 보면서도 바람이 많이 불었다는 것
외에는 아무것도 기억나질 않았기 때문이에요.

제주도 여행을 갔을 당시 추억을 많이 만들어 오겠다는 생각으로
나는 사진을 찍는 데만 급급해 주변을 제대로 돌아보지
못했어요.

추억을 남기기 위해 사진을 찍으려 했던 것이, 오히려 그 순간을

기억조차 할 수 없게 만들어 버린 거죠.

여행에서 남는 건 사진뿐이라고들 해요. 하지만 사진은
희미해진 기억을 재구성 하는데 도움이 될 뿐, 그 자체로
온전한 기억이 될 수는 없어요.

그날 나의 기분과 나의 생각들, 선선한 바람, 따뜻한 햇살,
동백꽃 향기, 사람들의 기분 좋은 웅성거림.

핸드폰의 작은 카메라로는 다 담을 수 없는 너무도 아름다운
것들이 우리 주변에는 많아요.

우리는 그 모든 소중한 순간들을 사진이 아닌, 가슴으로
담을 수 있는 사람이 되었으면 좋겠어요.

스스로 선택하는
삶을 살기

카페에서 일을 하면서 알게 된 단골손님은 자신의 부모님을
원망하고 있었어요. 어릴 적 부모님의 희망에 따라 의대를
졸업해 의사가 됐지만 막상 의사가 되고 보니 일이 너무 힘들고
적성에도 맞지 않는다는 이유였죠.

하지만 나는 거기서 한 가지 의문이 들었어요.
그 손님은 왜 부모님을 원망하는 걸까?

누군가를 원망하려면, 자신의 진로에 대한 어떤 고민도 없이
그 모든 걸 부모님의 선택에 맡겨 버린
자신을 먼저 돌아봐야 하는 거 아닐까요?

우리는 인생을 살며 수많은 선택의 기로에 서게 돼요.
그 선택의 기로에서 누군가의 조언을 들을 수는 있겠지만,
선택은 오로지 우리 자신이 해야만 해요.

초등학교 5학년 때 담임 선생님이 내가 원하는 장래희망과, 부모님이 원하는 나의 장래희망을 적어 오라는 숙제를 낸 적이 있었어요. 당시 나는 담임 선생님의 자상함에 흠뻑 빠져 있던 터라 장래 희망도 당연히 선생님이라고 적었어요. 문득 엄마가 원하는 나의 장래희망은 뭘까 궁금해서 엄마에게도 물어봤는데, 엄마 역시 내가 선생님이 되길 바란다고 했어요.

아마 내가 장래희망을 의사라고 말했다면
엄마 역시 의사가 되라고 말했을 거예요.

지나치게 겁이 많고 조심성도 많았던 나는
어렸을 때부터 중요한 일을 결정해야 할 때면
항상 부모님께 먼저 상의를 드리곤 했어요.

하지만 그때마다 부모님은
"네 일은 네가 알아서 해라"라고 말씀하셨어요.

당시에는 부모님이 나를 너무 신경 쓰지 않는 것만 같아
서운했지만 나중에 나이가 들면서
부모님의 깊은 뜻을 어렴풋이 알게 됐어요.

부모님은 내게 스스로 선택하고,
스스로 책임지는 삶을 가르치고 싶으셨던 거예요.

그래서 나의 어린 시절에는 시련이 많았고,
눈물을 흘려야 하는 시간들이 많았어요.
스스로 찾아가야 하는 길은 그렇게 힘들고 어려웠어요.

하지만 나는 더 단단해졌고
두 가지 갈림길에 섰을 때 어떤 길이 옳은 길인지를
가늠할 수 있는 안목을 기를 수 있게 됐어요.

겁이 많고 조심성이 많았던 나는
여전히 겁도 많고 조심성도 많지만,

더 이상 무언가를 선택하거나 결정해야 하는 일에는
두려움이 없어요.

나는 늘, 항상, 언제나,
내 인생을 위해 최선을 다해 선택해 왔으니까.

내 인생에 선택이 필요할 때
선택을 해야 하는 사람은 나 자신이어야 하고
내 인생에 책임이 필요할 때
선택에 대한 책임을 져야 하는 사람 역시
오로지 나 자신뿐이라는 걸 잊지 말아요.

지금 현재에
만족하기

회사를 다니며 친해진 동생은 월요일엔 항상 로또를 구입한다고
했어요. 월요일 아침에 로또를 사면 일주일 중 6일을 1등에
당첨될지도 모른다는 행복한 상상으로 보낼 수 있다는
이유에서였어요.

처음에는 그 말에 혹해 몇 번인가 동생을 따라 로또를
구입하다가, 나는 문득 이런 의문이 들었어요.

불확실한 것에 희망을 품고 기대를 하는 것이 진짜 나를
행복하게 하는 일일까? 그래서 나는 지금 행복한가?

로또 1등 당첨확률은 8,145,060분의 1로 쌀 한 가마니에
든 흰쌀 중에서 검은색 쌀 한 톨을 뽑아내는 것과 비슷한
확률이라고 해요.

이 불확실한 확률에 행복을 맡기고
우리는 진정 행복해질 수 있을까요?

행복은 희망사항이 아니라, 우리들의 선택이에요.
지금 당장 행복하자고 마음을 먹는다면 우리들은 얼마든지
행복해질 수 있어요.

돈이나 명예, 권력이 없어도 마음을 나눌 수 있는 친구 세 명만
있어도 성공한 인생이라고 하잖아요. 행복도 그런 게 아닐까요?

로또에 당첨되어 사고 싶은 것을 모두 사고, 하고 싶은 모든
것들을 해야만 하는 것이 아닌, 우리의 일상이 주는 소소한
것들에서 즐거움을 찾고 만족하는 마음.

아침을 따뜻한 커피 한 잔과 함께 시작할 수 있다는 것, 클릭
한 번으로 온 세상을 만날 수 있는 세상에 살아가고 있다는 것,
힘들 때 의지할 누군가가 있다는 것.

너무 익숙하고 당연해서 늘 잊고 지내지만 진정한 행복이란 이런
소소한 깨우침에서 시작되는 것이 아닐까요?

수백만 분의 일의 확률을 뚫어야 하는 우연한 행운이 아닌
현실 가능한 행복에 한걸음 더 다가가 보는 건 어떨까요?

우리들에게 정말 필요한 건 로또 1등 당첨이 아니라
현재의 삶에 만족하고, 그 속에서 찾는 소소한 행복에
감사할 줄 아는 마음이 아닐까요?

나는 당신이, 보이지 않는 행복을 갖기 위해 너무 먼 곳만을
바라보진 않았으면 좋겠어요. 당신이 모르고 있는 것뿐
행복은 늘 당신의 가장 가까운 곳에 있으니까.

어떻게 하면 행복해질까를 생각하기 전에
어쩌면 이렇게 행복할까를 먼저 생각해 보세요.

마지막이라는 건

항상 가슴에 무언가를 남긴다.

이 책의 마지막에도

오래도록 당신이 남기를.

너무 먼 곳만 보느라
가까운 행복을 잃어버린 당신에게

초판 1쇄 인쇄일 2020년 03월 20일
초판 1쇄 발행일 2020년 03월 26일

지은이 김토끼(김민진)
그린이 낭소(이은혜)
발행인 이승용
주간 이미숙
편집기획부 박지영 박진홍 방지민 **디자인팀** 황아영 한혜주
마케팅부 송영우 이종호 **홍보마케팅팀** 김예진 이상무
경영지원팀 이루다 이소윤

발행처 |주|홍익출판사
출판등록번호 제1-568호
출판등록 1987년 12월 1일
주소 [04043]서울 마포구 양화로 78-20(서교동 395-163)
대표전화 02-323-0421 **팩스** 02-337-0569
메일 editor@hongikbooks.com
홈페이지 www.hongikbooks.com

제작처 갑우문화사

ISBN 978-89-7065-792-9 (03810)

이 도서의 국립중앙도서관 출판예정도서목록(CIP)은
서지정보유통지원시스템 홈페이지(http://seoji.nl.go.kr)와
국가자료공동목록시스템(http://www.nl.go.kr/kolisnet)에서 이용하실 수 있습니다.
(CIP제어번호: CIP2020010875)

*이 책은 《쓰디쓴 오늘에, 휘핑크림》의 개정판입니다.